明日、君が死ぬことを僕だけが知っていた

加賀美真也

STARTS
スターツ出版株式会社

訪れる運命を受け入れていれば、僕の心は平穏だった。
あの日、君に恋をするまでは――。

目次

明日、君が死ぬことを僕だけが知っていた

プロローグ

とある日の休み時間。遊びにいった隣のクラスで、ひとりの男の子がごみ箱にノートを捨てる瞬間を目にした。

ごみ箱に入れるくらいなのだから、それは価値のないものに違いない。彼は放り投げるようにそれを捨てると、すぐに教室を出ていった。

教室内の誰もが談笑に夢中になっている中で、私だけがその姿を目で追っていた。

「ごめん、ちょっと待ってて」

友人たちの席を離れ、ごみ箱を覗《のぞ》き込む。捨てられたノートは他のごみに濡《ぬ》れて酷《ひど》く汚れていた。

「どうしたの、愛梨《あいり》」

「ん、ちょっとね」

彼には悪いと思いつつも、捨てられたノートを拾い上げた。

教室を出ていった男の子の表情があまりにも苦しそうだったから、何を思ってこれを捨てたのかが気になった。

家に帰るとすぐにノートを開いた。ページをめくり、一文字たりとも読み逃すことなく目を通していく。

「……凄《すご》い」

心からの感嘆《かんたん》の声が漏《も》れた。

ノートには、手書きの文字でびっしりと小説が書かれていた。

重い病《やまい》を患《わずら》った少女が、死を前にしてもなお、前を向いてひとりの少年と向き合う純愛の物語。

どうやら未完結のようで、死のシーンでヒロインの少女が「君のことが好き」と告《つ》げる場面で文章は途切れている。

読み終えた後、涙を流している自分に気が付いた。

小説を読んで泣いたのは生まれて初めてのことだった。今まで、読書好きの友人が言う「この本読んで泣いちゃった」という言葉をいつも大げさだと思いながら聞いていたし、すすめられた本を実際に読んでみて面白いとは思っても、泣いたことだけはなかった。

そのくらい私の涙腺《るいせん》は固かった。にもかかわらず、名前も知らない男の子が書いた小説で私の感情はいとも容易《たやす》く揺さぶられた。

間違いなく、私が今まで読んできたどの作品よりも胸に刺さるものだった。同じ高校一年生の男の子がこれを書いているというのだから驚きだ。

こんなにも凄い小説を、どうして捨てようと思ったのだろう。

もったいない。それ以上の言葉が見つからなかった。

読み返すたび、健気《けなげ》に前を向き続ける少女に感情移入していった。

そして私は思った。
私もこの少女のように、最後の瞬間まで、全力で——。

第一章

運命というのは残酷《ざんこく》だ。

成功する人間、しない人間。

幸せになる人間とそうでない人間。

もしも当人たちの努力の有無を問わず、初めから結末が定められているのだとしたらこれほど無情なものはない。

僕はいつもそんなことを考える。

夏の暑さが残る二学期初めの午後、熱心に授業を行う先生には目もくれず、僕はただ一冊のノートを眺めていた。それは退屈な授業の内容をまとめたノートではない。

【山田省吾《やまだしょうご》が授業中にあくびをして先生に怒られた。クラスメイトたちは笑っていた】

ノートには僕の字でそう書かれている。何の変哲《へんてつ》もない、日記のようなくだらない記述。文面だけで言うなら授業よりもよっぽど退屈な内容だ。

ただしこのノートには一つだけ普通とは違うところがある。

そろそろだろうか、斜め前方で気だるそうに授業を受ける山田省吾に目を向けた。

すると彼は後ろから見てもわかるくらい盛大に口を開けてあくびを一つ。直後、先生の鋭い視線が彼に突き刺さり、彼は見事にお叱りを受けてしまった。

「す、すんません」

「まったく。今回は特別に許してやる。次からは気をつけろよ」

「はい……」

軽く制服を着崩《くず》したお調子者の彼がぺこぺこと頭を下げる様子が面白かったのか、教室内に笑い声が溢《あふ》れる。どこからか聞こえてくる蝉《せみ》の声がより教室を賑《にぎ》やかに飾り立てていた。

まさにノートに書かれていた出来事がたった今起きた。

それこそが、これが普通のノートとは違うという所以《ゆえん》。

このノートには、これから起こる未来の出来事が書かれている。誰にも言えない、僕だけの秘密だ。

昔から、いわゆる予知夢《よちむ》を見ることがある。

きっかけは幼い頃、交通事故で意識不明になっていた最中に見た夢だった。夢の中で、両親が泣きながら僕を抱きしめる様子を、僕は空中から見下ろしていた。

それから数日が経《た》って目を覚ました時、夢で見た通りの出来事が現実でも起きた。両親の息遣いや姿勢《しせい》、言葉の数々、それらがあまりにも夢で見たままだったから、すぐにあれが予知夢だと理解できた。

以来、不定期ながら未来の夢を見ることがある。頻度《ひんど》も内容も疎《まば》らで、酷い時には数年後に起こる自分のくしゃみを予知するだけの日もある。ただ、僕が関心を寄せる事象に関した夢を見る確率は若干《じゃっかん》高い傾向にある。

これは予知夢の内容をまとめた、言うなれば予知ノート。

彼が今あくびをしたのも、こうして教室内に笑い声が溢れているのも、数日前の夢の中で既《すで》に見ていたことだ。

そして今朝、僕はとても信じがたい未来を見てしまった。

つい、ひとりの少女の、そのご機嫌そうな後ろ姿に目がいく。

「あはは、省吾くん今すっごい口開いてたよ！　昨日あんまり寝てなかったの？」

あくびをした彼を茶化す彼女の名は早川《はやかわ》愛梨。

クラスの中でもひときわ目立っていて、僕のように教室内でひとり物思いに耽《ふけ》りがちな人間とは正反対の存在だ。

快活でノリも良く、目鼻立ちも整っている彼女の周囲にはいつも人がいる。

「実は昨日カノジョとずっと電話しててさ、あんまり寝てないんだよ」

「うわぁ惚気《のろけ》だ～。もしかして寝落ち通話？」

「もちろん寝落ち通話」

「いいねー青春だね。私も誰かとしたいなあ寝落ち通話！」

盛り上がるふたりは当然注意をされるが、彼女はそれすらも楽しそうだった。先生も先生で、呆《あき》れながらも笑っている。周囲の生徒たちも同じだ。

彼女が笑えばおのずと周りの人々も笑顔になる。いつもそうだ。彼女には人を魅《み》了《りょう》するような特別な力がある。

きっと、誰もが彼女の幸せを願うだろうし、実際に幸せになると思っているだろう。

だからこそ、運命というのはたまらなく残酷なのだと考えてしまう。

ノートのとあるページの、とある文章を、何度も読み返す。

とても信じられない。いいや、信じたくない。

本当に、こんなことが起きるというのだろうか。

【早川愛梨が死亡する】

予知ノートには、そう書かれていた。

死因はわからない。

夢の中で、僕はじっと彼女の遺影《いえい》を見つめていた。

わかるのはこの未来がそう遠くない日の出来事だということ。遺影に写っている彼女も、葬儀に参列する僕も、この学校の制服を身にまとっていた。

今は二年の二学期。早ければ今年中、遅くても来年中にそれは起きてしまう。

経験上、予知した未来は決して変えることはできない。

仮に転ぶ未来が見えた場合、その後どれだけ足元に注意を払っても転倒は避けられない。さっきの彼も、あくびをするよう運命が定まっていた。

つまり、予知で彼女の遺影が見えたということは、そういうことだ。

身近にいる人間が亡くなるというのは想像もしたくない。

「それじゃあ、この問題がわかる人いるか？」

「はいはーい！」

教師に当てられるまでもなく、よく通る声で早川さんが手を上げた。

「よし、答えてみろ」

「わかりません！」

「じゃあ手を上げるな！」

「はい！」

打ち合わせでもしたのかと勘繰《かんぐ》りたくなるようなやり取りに、またも教室内が賑わう。彼女はいつもこうして授業を盛り上げようとするし、実際に盛り上がる。

僕だって今朝の予知さえなければ多少は笑っていたかもしれない。

彼女のユーモアセンスは嫌いではないし、授業の妨《さまた》げにならない程度に行われるためストレスにもならない。

ただ、今日に限っては話が別だ。

早川さんが話すたび、笑うたびにどうしても今朝の夢が頭によぎる。

僕はこれからどんな顔をして彼女と関わっていけばいいのだろうか。

現状、彼女との接点といえばたまに雑談をするくらいのものだ。

僕から彼女に声をかけたのは一年前に成り行きで話した時のみ。それも時間にして数分にも満たないくらい。

だからそもそも関わるも何もないのだけど、それでも〝死〟という重い未来を考えると接し方を迷わざるを得ない。

彼女は知っているのだろうか、自分の未来を。

いや、知っているはずがない。

重い病を患っているのなら可能性はある。しかし、誰よりも人生を謳歌《おうか》していそうな屈託《くったく》のない彼女の笑みを見ていると、その可能性は限りなく低いように思える。

もし僕が余命幾《いく》ばくもないのなら、あんな表情はできない。

「――はい、今日はここまで」

思考に囚《とら》われた僕の意識を、ふいに鳴ったチャイムと教員の声が現実へと引き戻した。普段は永遠のように長く感じる授業だというのに、考え事をしている時に限って時間は僕を待ってくれない。

もっとも、望んで考え事をしているわけではない今の状況においては好都合だった。

彼女が目につくと否応《いやおう》なしに予知夢を想起《そうき》するし、そんな彼女は校内ではよく目立つものだから、教室から離れられるのはありがたい。

帰りのホームルームでは担任から「明日は修学旅行の班を決める。行先は京都、班は四人」とだけ伝えられ下校となった。

放課後の教室は修学旅行の話で持ち切りだった。

僕ら山口県民からしてみれば、旅行好きでもない限り京都に行く機会は滅多《めった》にない。ただでさえ一大イベントだ、彼らが騒ぐのも無理はない。

僕はその喧騒《けんそう》に飲み込まれないよう手短に帰り支度《じたく》を整えて教室を後にした。

「おーい公平《こうへい》」

下駄箱で靴を履《は》き替えていると、背後から名前を呼ばれた。僕の唯一とも言える友人、高木《たかぎ》たかしの声だった。

「なに？」

「今から帰りか？」

「うん」

たかしも靴を履き替えるべく隣に並んでくる。これから部活があるらしく、泥《どろ》汚れの染《し》みついた野球部のユニフォームを着ていた。

まさに炎天下《えんてんか》という言葉が相応《ふさわ》しいこの暑さの中で体を動かすというのは、体力に自信のない僕からすれば恐怖でしかない。靴を履き替えるだけでも汗が噴き出しそうになる。

「こんなに暑いのに野球部は大変だね」

「大変だけど楽しいからな！　公平も入部したらどうだ？」

「たかしと一緒にやれるのは楽しそうだけど遠慮しとくよ。多分三日で力尽きるから」

自虐《じぎゃく》気味に笑うと、たかしはその十数倍の声量で「ははっ。だろうなあ」と笑い飛ばしてくれた。

「ところで公平、修学旅行のことなんだけどさ」

「うん、いいよ」

「はやっ、俺まだ何も言ってないぞ！」

「毎度新鮮《しんせん》なリアクションだね」

たかしとはかれこれ幼稚園からの付き合いになる。積極的に人と関わろうとしない僕が自分から声をかけられるただひとりの存在だ。

僕を同じ班に誘ってくれるつもりだったのだろう。もし誘われていなければ僕の方から話を持ちかけるつもりだった。

先読みされた仕返しと言わんばかりに、たかしは坊主頭《ぼうず》を僕の頬に押し付けてきた。

「チクチクするからやめて」

「ははは、たわしみたいだろ。そんじゃ部活行ってくるわ！」

「……あ、ちょっと待って」

ふと、小走りで昇降口へと向かうたかしを呼び止めた。

「ん？　どうした公平」

「たとえば、だけどさ」

「おう」

「もしたかしの周りの、お互い顔は知ってるくらいの人が近いうちに死ぬって知ったら、たかしならどうする？」

物事を深く考えすぎてしまう僕には答えの出せなかった問題。こういう時、シンプルな思考をするたかしに相談をすると、大抵はすぐに解決する。

「別にそのままの関係でいいんじゃね？」

「というと？」

「だって、死ぬとわかった途端に態度を変える方が失礼じゃないか？」

期待通り、たかしの返答は極めてシンプルで、かつ極めて的確だった。

「……そっか、それもそうだね」

僕の悪い癖《くせ》だ。予知夢の件と早川さんへの同情心のようなものが、いつの間にか必要以上に思考を掻き回していた。

たかしの言うように、彼女が死ぬとわかったからといって何も変わらない。変えてはいけない。無理に距離を置く必要もなければ、今まで以上に仲良くする必要もない。

これまでと同じ、それでいいんだ。

「ありがとう。たかしに話して良かったよ」

「公平はいつも考えなくていいことまで考えるもんな。もっと気楽にいこうぜ！」

「そうだね。たかしを見習うよ」

「おう！　そんじゃ今度こそ部活行ってくるわ！」

「うん、引き止めてごめん。部活頑張って」

僕も帰路へ就こうとたかしの後を追って歩く。

「ねえ工藤《くどう》くん、たかしくん！」

昇降口に差しかかった瞬間、今度は背後から僕らを呼び止める声が聞えた。

名前を呼ばれたことで反射的に足を止めてしまったけれど、今からでも聞こえなかったことにはできないだろうか。声の主が誰かを理解した途端、立ち止まった自分を強く恨んだ。

「……なに？」

おそるおそる振り返ると、そこには予知ノートに書かれていた例の彼女、早川愛梨が満面の笑みを浮かべて立っていた。

隣にはいつも彼女と一緒にいる女子の姿もあった。佐藤《さとう》さんといったかな、去年も今年も同じクラスだから一応の面識はある。

「おお、愛梨と佐藤じゃん。どうした？」

「ちょっとふたりに用があって。たかしくんはこれから部活だよね？　工藤くんは？」

「僕は今から帰るところ」

「そうなんだ！　じゃあちょっとだけ時間いい？」

「……いいけど、どうしたの？」

今までと同じ関係とは言っても、やはりいずれいなくなってしまう彼女と言葉を交わすのはどこか気が重い。

とはいえそこまで焦《あせ》ることでもない。

彼女から話しかけられること自体はそう珍《めずら》しいことではないのだから、当たり障りのない会話をこなしてこの場を去ればいい。

胸中《きょうちゅう》でひと通りの方針《ほうしん》を固め、あらためて目を合わせると彼女はこちらに駆け寄ってきた。動きに合わせてセミロングの髪が揺れ、花のような甘い香りが鼻を掠《かす》める。

「修学旅行についてなんだけどね。ふたりとも良かったら私たちと同じ班にならないかなーと思って。どうかな？」

「……え」

あまりにも間の悪い誘いに思わず声を失った。

彼女との関係性を揺るがしかねない誘い。僕としては安易に首肯《しゅこう》できない話だった。

そもそも、どうして僕もなのだろう。普段から早川さんと交流のあるたかしだけに声をかけるならともかく、顔見知りでしかない僕まで誘う理由が見当もつかない。

「俺はいいぞ。そっちは愛梨と佐藤のペアか？」

「うん、私は真奈美《まなみ》と一緒。たかしくんは工藤くんと組むんだよね。ならちょうど四人だ！」

何も言えない僕を置いて話を進める早川さん。そんな彼女を抑えるためか、遅れて歩み寄ってきた佐藤さんが落ち着いた声色《こわいろ》で「こら愛梨、ひとりで話を進めないの」と彼女の肩を叩いた。

「ごめんごめん。えっとね、私はこの四人で班になりたいんだけど、工藤くんはどうかな？」

……どうしたものか。

嫌だとか、断るとか以前に、何故《なぜ》僕まで誘うのかという疑問がいまだ解消されずにいる。

「……なんで僕も？」

「なんでって？」

「自分で言うのもなんだけど、今までとくに君と交流があったわけではないと思うんだ。せっかくの修学旅行なんだからもっと仲のいい人を誘った方がいいんじゃ……」

「あまり交流がないからこそだよ。これから仲良くなっていこ！　それに仲のいい子ならもう誘ってあるしね。ねー真奈美」

彼女は何故か誇《ほこ》らしげに胸を張ると横にいる佐藤さんの腕を組んだ。

「愛梨、ちょっと暑い。やるなら冬にやって」

「冬ならいいの？」

「いいよ」

「よっしゃ！」

恋人まがいのやり取りを見せつけてくる彼女は、どうやら僕とは決定的に価値観が異なるらしい。交流がないからこそこれから仲良くなる、というのはどうにも共感のできない発想だった。

新しい物事に触れる際、僕は常にリスクを先に考える。それがスポーツならば怪我《けが》の心配を、交友関係なら今後の関係性について。

ここで早川さんと同じ班になったとして、僕らの相性が最悪だったらどうだろう。早川さんにとって人生最後の長旅になるかもしれない京都旅行が、それだけで台無しになってしまう。

僕はそういったリスクばかりに目が向くけれど、どうやら彼女はメリットにしか興味がないようだ。

「それで工藤くん、どうかな?」

「少し考えさせてほしい」

返答を求める早川さんに待ったをかける。

快く首を振れない背景には、もう一つの心配事があった。それは万が一早川さんと仲良くなってしまった場合のリスクだ。

彼女はいずれ死んでしまう。

もし親しくなってしまったら、友達になってしまったら、果たして僕は耐えられるのだろうか。

誰だって家族や友人が亡くなれば涙を流す。立ち直るまでに多くの時間を必要とするだろう。

しかしそれがテレビや新聞で偶然目にしただけの、顔も知らない他人の訃報《ふほう》ならどうだ。可哀想だと思うことはあってもそれ以上気に留めることはないはずだ。

完全な他人とまではいかずとも、つまるところ、現在の僕と早川さんの関係はそれに近いものがある。

先々のことまで視野に入れると、これまで通り顔見知り程度の関係が望ましい。ここで班を組んでしまえばそのバランスが崩れかねない。

「……とりあえず、明日のホームルームの時にあらためて決めるっていうのはどうかな。僕ちょっと人見知りだから、考える時間がほしいんだ」

迷った結果、適当なことを言って運命を時の流れに委《ゆだ》ねることにした。

人気者の早川さんのことだ、たとえ彼女が僕を誘うつもりでも、他のクラスメイトが彼女を放っておかないだろう。

最悪同じ班になったとしても、ある程度の距離を保つことはできなくもない。

「わかった！　そうしよっか」

「助かるよ。それじゃあまた明日」

「うん、また明日！　たかしくんも部活ファイト！」

「おう、サンキュー！」

盛大に手を振ってくる早川さんに控えめに手を振り返してから帰路に就いた。

迎えた翌日のホームルーム。僕は昨日の自分がいかに愚《おろ》かであったかを思い知らされた。

結論から述べると、僕は彼女と同じ二班の一員となった。それだけに留まらず、あろうことか彼女と連絡先まで交換することとなってしまった。

「それじゃあ後で連絡するね！」

「……わかった」

四人で机を合わせると、向かいに座る彼女、早川愛梨が嬉しそうに微笑んだ。僕の隣にはたかしと、その正面に佐藤さんの姿も。

つくづく、昨日の自分は甘かったと思う。

他のクラスメイトが彼女を放っておかないだろうという僕の予想は当たりはしたものの、それ以上に「私はもう誘う人決めてるから！」と言う彼女の勢いが凄まじく、誰の誘いに乗ることもなく僕のもとへやってきてしまった。

おそらく、既にクラスメイトの大半と仲が良い彼女にとって、いまだ友人のカテゴリに含まれていない僕の希少価値が高かったのだろう。そうでなければ僕と班を組みたがる理由がない。

結局、僕は断る口実を見つけることができずに、こうして彼女と机を合わせることになってしまった。

連絡先の件も「修学旅行についてグループで話す必要があるから」というもっともらしい言い分によって丸め込まれた次第だ。

同じ班になってもある程度の距離を保つことはできる、という昨日自分が抱いた思考が楽観的であったことを今日になって痛感し、現在に至る。

「京都かー。みんなはどこを見て回りたいとかある？　私は渡月橋《とげつきょう》に行きたいんだけ

ど さ」

斜め向かいに座る佐藤さんが僕らに意見を求めた。明るい早川さんとは対照的に、佐藤さんは落ち着きがあり周囲に気を配っている印象がある。

「僕はとくに。みんなに合わせるよ」

修学旅行は二泊三日。初日は学年全体で観光をして、二日目は班ごとに分かれての自由行動となっている。

僕は修学旅行そのものに興味がないから行先は三人で好きに決めてもらいたい。

「俺は焼肉食いに行きたい！」

「わざわざ京都で⁉　せっかくなら八つ橋とか食べようよ！　私は八つ橋派ね。真奈美は？」

「何を食べるかじゃなくてどこに行くかを話そうよ……」

僕も含め、なんとまとまりのない集団なのだろう。先が思いやられる。佐藤さんが頭痛にならないか心配だ。

「どこに行くかは後で決めよ！　まずは何を食べるかが優先！」

「愛梨ってば、本当に食い意地張ってるよね」

「だって京都だよ？　八つ橋以外にもモンブランとか色々あるし！　真奈美も甘いもの好きでしょ？」

「まあね。なら美味《おい》しい食べ物がありそうなところを重点的に巡《めぐ》って、ついでに近くにある観光名所を見て回ろっか。あと渡月橋は確定ね。工藤くんたちもそれでいい？」

「うん、それでいいよ」

僕は話に干渉《かんしょう》しないし、たかしと早川さんは脳《のう》内が食べ物に支配されているようだから率先して話をまとめてくれる佐藤さんのような存在はありがたい。やたら渡月橋を推《お》してくるのは少し気になるけれど。

「修学旅行楽しみだね！　工藤くんはどう？　京都は好き？」

「普通かな」

「じゃあ楽しめるように美味しいお店を調べとくよ！」

配られたパンフレットのグルメ関連のページを、早川さんは今すぐにでも食らいつきいてしまいそうな眼差《まなざ》しで見つめていた。

間違いなく、この場にいる誰よりも修学旅行を楽しみにしているのが彼女なのだということが見て取れる。

楽しそうにはしゃぐその表情を見ていると、胸の内に暗い霧《きり》のような感覚が立ち込める。それが不安感だということを、ともに湧いてきた思考によって自覚した。

――果たして彼女は、修学旅行の日まで生きていられるのだろうか。

そんなことを、僕は考えてしまった。

「あ、見てたかしくん！　ここに焼肉のお店も載ってるよ！」

「うお、マジだっ。ここ行こうぜ！」

「いいね！　デザートに抹茶《まっちゃ》系のスイーツもあるみたいだし！」

彼女が笑えば笑うほど、不安感が強くなっていく。

こんなにも修学旅行を楽しみにしている彼女が、もしその日を迎えられなかったとしたら……。

「ねね、工藤くんは焼肉好き？」

「……普通かな」

喜々として返答を待つ彼女の瞳を、僕は直視できなかった。

放課後、昨日と同様昇降口に差しかかったところで呼び止められた。

「工藤くん待って！」

駆け寄ってきたのは案の定《じょう》、早川さんだ。

「どうしたの？」

「一緒に帰ろ！」

彼女の提案を受け、つい周囲を見まわす。

昇降口周りにはちらほらとクラスメイトがいて、足を止めては興味深そうにこちらに視線を向けている。それもそうだ、僕のような得体の知れない人間と人気者の彼女が話をしているのだから、気にならないわけがない。

「……一つ訊いてもいいかな」

「いいよ、何？」

「なんで突然僕に話しかけるようになったの？」

「突然って、前からちょくちょく話してたじゃん……！」

「なるほど」

どうやら彼女の中では友達ではないにしても、それなりに僕と交流があるつもりだったらしい。確かに、早川さんは以前から用もなく話しかけてくることがあった。

「昨日も言ったけどね、工藤くんとはこれから仲良くなっていきたいの」

「それで一緒に帰りたいと？」

「うん。ダメかな？」

全ての人と仲良くなろうとする彼女の姿勢は、狭く深くの関係を心がけている僕の価値観とはおよそ相反《あいはん》するものではあるけれど、反対だからこそ尊敬に値するものもある。

「……わかった、途中で寄り道するけどそれでもいい？」

乗り気ではないものの、帰路をともにするくらいはしてもいいと思えた。

「全然いいよ！　どこ行くの？」

「本屋」

「おっ、いいねぇ。渋い！」

僕たちは一直線に書店を目指して歩き始めた。

校門を出てすぐの国道沿いを道なりに往《い》けば、ショッピングモールや飲食店が立ち並ぶ商業区域に辿《たど》り着く。目当ての書店はそこにある。

「いやあ、九月はまだまだあっついねー。山口県の中でも下関《しものせき》はとくに暑いよね！」

「そうだね」

「修学旅行までに涼《すず》しくなるかな？」

「なるんじゃないかな」

「なってくれなきゃ困る！」

話を振ってくれる彼女に申し訳ないと思いつつも、無機質な会話を徹底した。つまらない男だと思われれば今後彼女からの誘いも減るだろう。彼女との距離を保つためには必要な意識だ。

できるだけ彼女と目を合わせないよう、道行く人や忙しそうに飛び回る虫たちに視線を向ける。この辺りは自然豊かなことだけあって虫が多いな、少し大通りから外れるだけで田園風景が広がるくらいだからなあ、なんてことを考えながら彼女の会話に適当な相槌《あいづち》を打つ。

「下関から京都まで新幹線で三時間くらいらしいよ！　座席も班ごとだよね、着くまで何して遊ぼっか？」

「早川さんのやりたいことでいいと思うよ」

「えー、迷っちゃうなあー。あ、ところで工藤くんは本屋さんで何買うの？」

「本だよ」

「なるほどー、本かぁ。……って、ちがーう！　私が訊《き》きたいのはそういうことじゃないよ！　何の本を買うの！」

まるでお笑い芸人のようなツッコミが飛んできた。

困ったことに、彼女は僕がどれだけ味気ない返事をしようと一向に笑みを崩すことはなかった。それどころかますます楽しげに笑うばかりだ。

「もー、わざと言ってるでしょー！」

「よくわかったね」

会話の内容ではなく、僕と話をすること自体に価値があるかのような態度を見て、なんとなく彼女がクラスメイトたちから好かれている理由がわかった。

程なくして目的の本屋に入ると冷房の効いた店内が火照《ほて》った体を労《いた》わってくれた。全身から噴き出していた汗が引っ込んでいく感覚はいつ味わっても心地いい。

ここの店員さんは随分《ずいぶん》と本が好きなようで、手書きのポップや店長おすすめの棚《たな》といった、この書店ならではのコーナーが年中展開されている。

今日もレジ前の平台《ひらだい》には【厳選！　新人小説家応援コーナー】と書かれたポップが飾られていた。

見れば、賞を獲ってデビューしたばかりの作家やウェブ小説家からプロに転向した作家たちの作品が所狭《ところせま》しと並べられている。

「……目当ての本はあっちだから、早く行こう」

初々《ういうい》しくも華々《はなばな》しい新人作家たちのデビュー作を前に、苛立《いらだ》ちとは少し違うどこか不快な胸のつっかえを感じた。

逃げるようにその棚から目をそらし、急ぎ足で漫画コーナーへ足を運ぶ。

「へー、工藤くんって漫画読むんだね。なんか意外！　てっきり小説の方が好きなのかと思ってた。なんなら書いてたりして」

横に並ぶ彼女の何気ない言葉に、僕はつい黙り込んだ。

彼女にしてみれば、ただ会話を広げるつもりで発した言葉なのかもしれない。でも、それを受け取る僕の心はとても穏やかとは言い難《がた》かった。

「……書いてたよ、前まではね」

幾ばくかの間と呼吸を置いて、僕は独りごとのように呟《つぶや》いた。

かつては僕もプロを目指して小説を書いていた時期があった。ある時はファンタジーを、またある時は恋愛小説を。

小学校低学年の頃から、本を読むのも自分で物語を考えるのも大好きだった僕は、暇さえあれば文章を綴《つづ》っていた。

だけど、ある日を境にあっけなくその夢を諦《あきら》めた。

見てしまったのだ、大人になった自分が人生最後のチャンスとして応募した賞に落選するという、文字通り悪夢のような予知夢を。

自分は決して報《むく》われない。その未来を知ってしまった僕が小説を書き続けられるわけがなかった。

それまで書いていた作品も、これから書く作品も、その全てが無意味だと知らされて、書けるわけがなかった。

それからは小説ではなく漫画を読むようになった。

小説という文字を目にするだけで、報われない運命への憎悪《ぞうお》と、夢を放り投げた自分への侮蔑《ぶべつ》の情が止まらなくなる。

レジ前の新人作家を特集したコーナーもそうだ。真面目にプロを目指していた頃の自分を思い出して惨《みじ》めな気分にさせられる。

「今はもう書いてないの？」

僕の心情など知る由《よし》もない彼女は無邪気《むじゃき》な顔でそう訊ねてきた。

「書いてないよ。もう諦めたし、漫画を読んでいる方が好きだから」

「えーもったいない！　書けばいいのに！」

「書かないよ」

もったいないとは欠片《かけら》も思わない。

それを言うなら、もったいないのは小説に費やす時間の方だ。叶わないとわかっていながら目指す夢など無駄でしかない。

「まだ高校生なんだから諦めるには早いって！」

「……そんなの、僕の自由でしょ」

「そうだけどさ、でも――」

「とにかく、僕はもう書かない。この話はこれで終わり」

これ以上の深入りは許さないと告げる代わりに、わかりやすく不機嫌そうな口ぶりで彼女の言葉を遮《さえぎ》った。

やはり早川さんは僕とは相反する人だ。

もし僕が同じ立場だったら、ここで安易に人の心を踏み荒らすような問いは決して投げない。前までは小説を書いていたという言葉を一考し、その背景にある事情にまで想像力を働かせるからだ。

彼女は踏み込んでほしくない領域に土足で入ってきた。僕のような捻《ひね》くれた人間にそのアプローチは逆効果だ。

「……そっか、ごめんね。あ、じゃあさ！　代わりに工藤くんのおすすめの漫画を教えてよ！」

「おすすめ？」

「うん！」

「そうだなぁ。ならこれとかどうかな。『ヒロキの大冒険』シリーズ」

あまり気分がいいとは言えないので、少しだけ八つ当たりをすることにした。

彼女に手渡したのはネット上での評判が最悪で、僕自身も読んでトラウマになるほどつまらなかった漫画だ。

タイトルセンスの酷さもさることながら、何より許せないのは作中にヒロキという名前の人物が一切登場しないことだ。しかも冒険の要素も全くなく、相撲《すもう》部に所属していた男の子がサッカー部のキーパーに転向するという謎《なぞ》の設定。

どうしてこの作品が出版社の企画を通ったのかが全くわからない。

「どんな話なの？」

「個性的……かな」

正直にあらすじを告げると買ってくれなそうだったので誤魔化《ごまか》した。一応嘘はついていない。

「なるほど……！　大体わかったよ！」

大体わかっていない彼女は、子供のような無邪気さでその漫画を手にするとすぐにレジへ向かっていった。

彼女が会計を済ませているうちに、僕も目当ての漫画と、表紙を見て気になった数冊の本を手に取った。

会計を終えて今度こそ帰路に就く。電車通学している彼女とは途中で別れ、僕はそのまま歩いて家まで帰った。

今日は、精神的に疲れる日だった。

ご飯とお風呂を済ませ、ベッドに身を預けてぼんやりとそんなことを考える。

早川愛梨はいずれ死亡する。僕だけが知っている、変えられない彼女の運命。

そんな彼女と同じ班になり、帰り道をともにするなんて想像もつかなかった。

思考が落ち着いてくると、ふと自身の行動について思うことがあった。

……何をムキになっていたんだろうか僕は。

小説という、触れられたくない面に触れられた程度で、呆れるほど子供じみたことをしてしまった。

そもそも、本に囲まれたあの空間において彼女が小説の話を切り出すのは至極《しごく》当然の流れ。彼女の要望で書店に行ったのならばともかく、もともとは僕の用事で行ったところだ。

冷静になるにつれ、向こうに落ち度はないように思えてきた。

言ってみれば、僕が勝手に小説へのトラウマを抱えていて、勝手に憤《いきどお》りを感じただけ。

早川さんは今頃あのつまらない漫画を読んでいるのだろうか。

先の短い彼女の貴重な時間とお金を、僕のくだらない感情のせいで奪ってしまった。

彼女は明日にでも死んでしまうかもしれないのに。

僕の一分と彼女の一分ではまるで重みが違う。彼女はこの先、何をやってもそれが人生最後の行動になる可能性があるのだ。

明日学校で顔を合わせたらひと言だけでも謝ろう。

次第にやってきた眠気に抗《あらが》うこともなく、僕は眠りに就くことにした。

第二章

目を覚ましてすぐに予知ノートを開いた。忘れないうちに昨晩見た夢を書き記す。

【二班のメンバーと休日に出かけることになった】

そこまで書いて小さくため息を吐《つ》いた。

これでは早川さんとの距離を保つどころか、縮める一方だ。

彼女の未来を知っている僕にとって、彼女と仲良くなることは傷つくことと同義。

いずれなくすとわかっているのなら、失うそれを大切なものにしてはいけない。

夢の中では、昼休みの教室で僕ら四人が会話をしている光景が見えた。

『――それじゃ日曜日に下関《しものせき》駅に集合ね！』

そんな早川さんの声を最後に夢は終わりを告げた。

掛け時計に目をやると時刻は午前七時三十分、始業時間まで一時間というところだった。昨日の疲れが残っていたのか、いつもより遅く目を覚ましてしまった。遅刻するほどではないにせよ、余裕があるわけでもない。

すぐに制服に着替えてリビングへ向かった。

「おはよう」

「おはよう公平。朝ご飯は目玉焼きでいい？」

「うん、ありがとう」

朝食を作る母さんと軽く会話を交わしてから洗面台の前に立ち、目に入りそうな前髪を横に流して顔を洗った。

だいぶ髪の毛が伸びてきた。いい加減切りにいく時期だけど、近場にある床屋《とこ》はいつもヘアワックスをすすめてきて、毎度断るのが面倒で行くのが億劫《おっくう》になってしまう。お洒落《しゃれ》に興味のない僕にとって、髪の毛は寝ぐせがなければそれでいいし、服装だって目立ちすぎず最低限の清潔さがあればどうでもいい。

こんな話を早川さんにすれば、また「もったいない」なんて言われそうだ。

などとどうでもいいことを考えつつ身支度を整え、朝食を済ませてから家を出た。

玄関を開けた瞬間、夏特有のむわっとした生暖かい空気が頬を撫《な》でてくる。

夏は好きじゃない。暑いのも陽射しが強いのも、虫が多いのも勘弁《かんべん》だ。自然が豊かと言えば聞こえはいいが、実際は至る場所に緑のある山口県は不便も多い。授業中に蜂《はち》やトンボが教室に入ってきて騒ぎになることも珍しくない。

秋の涼しい時期に、雨の音を聞きながら自室で静かな時間を過ごすのが僕の理想だ。欲を言えば一年中雨が好ましい。

やがて学校に着き、教室へ入ると早川さんの姿を捜した。ひと言だけでも昨日のことを謝りたい。

けれど教室に彼女の姿はなかった。朝礼までもう十分を切っていて、既にほとんどの生徒が席に着いているというのに。

「あ、おはよう工藤くん」

辺りを見まわす僕に声をかけてきたのは佐藤さんだった。

「おはよう。早川さんは？」

「愛梨ねー……。朝連絡したんだけど返事がなかったから多分いつものアレだと思う」

「あぁ、そういうこと」

納得して大人しく席に着くことにした。

しばらくすると、教室にやってきた担任が出席を取り始めた。早川さんが現れたのは、ちょうど彼女の名が呼ばれる直前だった。

「セーフですか⁉」

勢いよく教室のドアが開き、息を荒くした彼女が駆け込んでくる。

「……セーフってことにしてやるから早く座れ」

「やった！　さすが先生！」

慌ただしく席に着く彼女をクラスメイトたちが愉快《ゆかい》そうに迎え入れる。

何度目だろうか、この光景を目にしたのは。

彼女は遅刻魔だ。僕と付き合いの浅い佐藤さんが言う「いつものアレ」で通じてしまうくらいには、たびたびそれは起こる。

「愛梨また寝坊《ねぼう》したの？」

「夜中まで漫画読んでた！」

「しっかりしてよね。そんなに面白かったの？」

「うん、『ヒロキの大冒険』ってやつ！」

堂々とタイトルを宣言してから、彼女は「ちゃんと読んでますよ」と言わんばかりに親指を突き立てて、満面の笑みをこちらに向けてきた。その視線を追うようにクラスメイトらの注目も僕に集まる。

勘弁してほしい。変に誤解する人が現れたらどうする。

どうにも気恥ずかしくて、彼女から顔を背けるように窓の外へ視線を投げた。


昼休みになると、早川さんは一目散《いちもくさん》に僕の席へやってきた。

「工藤くん！」

「……どうしたの？」

何事もないように振る舞いつつも、僕の意識はそこにはなかった。周囲の目が痛い。ただでさえ彼女と同じ班になったことで注目を集めているというのに、こんな風に声をかけられてしまってはあらぬ噂が流れてもおかしくない。

彼女はそんなことを気にもしていないようで、僕の前席の男子に「ごめんちょっと席借りるね」と言って目の前に座ってきた。

「真奈美もたかしくんもちょっと来て！」

こちらに体を向けた彼女がふたりを呼ぶ。二班の面子《めんつ》が揃うと、彼女は満を持して話を切り出してきた。

「土日のどっちかにみんなで遊びにいこうよ！　修学旅行に向けてトランプとか色々買いたい！」

ランチクロスを解《ほど》きながら彼女が名案とばかりに押してくる。

ああ、昨晩の予知は今日のことだったのかとおおよその流れを察することができた。

「うん、いいよ」

内心では彼女との距離を縮めかねないこの誘いに葛藤《かっとう》こそあったものの、すんなり了承することにした。

昨日の罪悪感から、ここで断るのはどうにも後味が悪いと思えた。そもそも、予知で見た未来を変えることが出来ない以上、返答を渋ったところで結果は変わらない。

「やった！　みんなはどう？」

「俺は多分行けると思う」

「私も」

「それじゃ日曜日に下関駅に集合ね！」

夢で見た通りの台詞に抗うことなく、僕は「わかった」とだけ返す。

無駄に足掻《あが》いて労力を使うくらいなら素直に運命に従っていた方が平穏でいられる、というのが僕の経験則。予知ノートをつけているのはこれから起こる未来を受け入れるためという意味合いもある。

それはそうと、僕は彼女に謝らなければいけないことがある。

「そういえば早川さん、昨日のことなんだけど——」

「あ！　そうそう私もそれ話したかったんだよね！」

僕の言葉を遮り、食い気味に身を乗り出してきた。その距離の近さについ顔をそらしてしまう。

私もって、僕が何を言いたいのかわかっているのだろうか。

「『ヒロキの大冒険』読んだよ！」

案の定、何もわかっていないようだった。

「そうなんだ、どうだった？」

「面白かった！　ラストのシーンで主人公がタンスの角に小指をぶつけて死亡しちゃうのとか、予想外で深い作品だな～って思った！」

「そっか、それは残念」

「なんで!?　おすすめしたの工藤くんだよね!?」

口では残念がりつつ、捻くれた僕のせいで彼女の時間が退屈なものにならなかったことに安堵《あんど》した。

あれを面白いと感じる彼女の感性はわからないけれど、どんな物事にも楽しさや面白さを見出せるというのは長所かもしれない。そういう意味では彼女の感性は羨《うらや》ましい。

「またおすすめの漫画があったら教えてね」

「わかった」

すっかり謝るタイミングを逃してしまった。というより当の彼女が面白いと言っているのに、本当は嫌がらせのつもりですすめたなんて言い出せるはずもない。

あんな酷い作品すら楽しめる彼女が、もし本当に面白い作品と出会ったら一体どんな反応をするか、なんだか気になってきた。

仕方がないから次は本当におすすめの作品を教えてあげることにしよう。

あれからとくに変わった出来事もないまま、約束の日曜日を迎えた。

カーテンを開けると過剰《かじょう》なまでに明るい朝日が部屋に差し込み、雲一つない空と蝉の声が今日も今日とて外は暑いのだと訴えてくる。

できるだけ涼しくいられるようクローゼットの中から半袖の服を適当に引っ張り出し、そのまま白いシャツと紺《こん》色のデニムに着替える。それからポケットに財布と携帯を入れるとすぐに家を出た。

今日くらいは服装に気を配ろうかと悩むも、変に見た目に気を遣うと早川さんに茶化されそうな気がしたのでいつも通りで行くことにした。

最寄りの無人駅で切符を購入し、駅員がいるわけでもないのに切符を掲《かか》げて改札を通る。

多くても一時間に二本しか電車の通らないこの駅では待たされることが当然なため、大人しく日陰のベンチで時間を潰《つぶ》し、やがて到着した二両編成の電車に乗り込んだ。

停車する際、黒板をひっかいたような不快な金属音がして僅《わず》かに背筋《せすじ》が震えた。

車窓から見える風景は片や住宅地、片や田園。左右で見える光景が違うというのは面白いけれど、十七年も住んでいるとさすがに慣れてしまう。

景色を楽しむ純粋さを忘れてしまった僕は若者らしく手元のスマートフォンを弄《いじ》ることにした。ついでなのでグループチャットで連絡をしておく。

【もう駅に着くよ】

待ち合わせ場所である下関駅は、休日だからかそれなりに人通りが多かった。

お隣の福岡県にも繋《つな》がるターミナル駅ということもあって、家の最寄駅と違い構内には売店もあり大型ショッピングモールとも隣接している。地元民からすればこの辺りで一番の都会と言える場所だ。

とはいえ肩を狭くしないと歩けないというほどの人ごみでもなく、待ち合わせ場所に佇《たたず》む早川さんを見つけるのはそう難しくはなかった。

何やら手鏡《てかがみ》で自分の顔とにらめっこをしているようで、早川さんはひとりで笑顔を浮かべたり、前髪を弄ったり、はたまた「……よし！　今日の私はたぶん可愛い！　多分！」と頷いたりしていた。

お洒落に無頓着《むとんちゃく》な僕とは反対に、彼女は随分と気合を入れているようだった。肌の白さとスタイルの良さを存分に生かした白のノースリーブをまとい、水色を基調とした涼やかなスカートからはすらりと長い足が伸びている。

パッと見た彼女はモデルのような華やかさを湛《たた》え、季節感のある爽《さわ》やかな服の色合いが内面の明るさをより引き立てていた。

鏡に夢中になっているのか、すぐ近くまで寄っても僕に気付く様子がない。

「お待たせ」

「ひっ」

声をかけると彼女はびくっと肩を揺らし、慌てたように手鏡をしまうと、それから誤魔化すようにいつも以上に華やかな笑顔を向けてきた。見れば僅かに頬が赤らんでいる。

「もしかして、今の見てた……？」

「何のこと？」

「あ、いや、何でもないよ！　気にしないで！」

知らないフリをしてあげることにした。

見た目に気を配る自分を恥ずかしがる心理には共感ができる。ましてや変に指摘されでもしたら、以降お洒落に対するハードルが上がってしまう。

僕が今日適当な恰好《かっこう》で来たのもそれが理由だ。以前、理由もなくヘアワックスの練習をしていた時に、母さんから「好きな子でもできたのー？」なんてにやけ面で馬鹿にされて以来、ワックスという言葉そのものに拒絶反応が起きるようになった。

自分が言われて嫌なことは人にしない主義の僕が、ここで彼女を茶化せるはずもない。それに、彼女の服はとてもよく似合っている。

「佐藤さんとたかしはまだ来てないみたいだね」

「そ、そうだね、まだみたいだね！」

適当な話を振ってあげると、彼女はわかりやすく安心したような表情を見せた。

「暑いし、ちょっと飲み物買ってきてもいいかな」

「ん、私もついていくよ」

売店で麦茶を買い、僕たちは駅構内のベンチでみんなを待つことにした。

「あっつーい！」

脚をばたつかせながら、隣に座る彼女が天井越しに太陽を睨む。真似こそしないけど、この気温の高さに物申したい気持ちは僕も同じだった。

「そんなに動くと余計に暑くなるよ」

「はっ……確かに！　工藤くんもしかして天才？」

「僕が天才なんじゃなくて、君がアレなんだと思うよ」

「アレって？」

「馬鹿」

「あははっ！　辛辣《しんらつ》ぅ！」

馬鹿にされているというのに、彼女はより一層足をばたつかせて笑った。

「工藤くんって意外と言うよね！」

「ツッコミ待ちなのかと思って」

「正解だよ、わかってるねー！　もしかして私たち相性良いのかな？」

「どうかな」

僕らの相性というより、彼女が誰とでも上手くコミュニケーションを取れると言った方が正しい。今も、人との会話が不得意な僕でも乗りやすいよう、彼女がわかりやすくパスを出してくれただけだ。

キャッチできるように投げられたパスを受け取っただけで彼女は大げさに笑って喜

んでくれる。そういうところには好感が持てる。

「あ、たかしから連絡だ」

「真奈美からも来たね」

ペットボトルの中身が半分になった頃、グループチャットにふたりからメッセージが届いた。

【すまん！　急に部活の予定が入って今日行けなくなった！】

【ごめん、私も親戚の集まりがあって……】

【わかった。予定が入ったなら仕方ないよ、気にしないで】

物わかりのいいような返信とは裏腹に、内心ではため息を吐いていた。

運命は僕のことを嫌っているのかもしれない。早川さんの死を予知した途端に同じ班になり、出かけることになった矢先にこれだ。もはや人為《じんい》的なのではないかと思えてくる。

まさか、このまま早川さんとふたりきりで休日を過ごすことになるのだろうか。

「……帰る？」

「それはないかな～。とりあえずそこのショッピングモールに行こうよ！」

帰宅を促してみるも、彼女の脳内に帰るという発想はないようだった。むしろその表情は喜々としてさえいた。

「ほら、行くよ！　返事は！」

「わかったよ」

無理に帰るのも忍びないので大人しく従うことにした。

「ところで、純粋な疑問なんだけどさ、君はどうして僕と仲良くなりたいの？」

道すがら、興味本位でそう訊ねてみた。

「まだ仲良くなってないからだよ」

「それがわからないんだよ。話してみて性格が合わなかったらどうしようとか、そういうことは思わないの？」

「んー、そりゃあ私だって少しは思うよ？　実際に合わなかったことだってあるしね。でも、だからといって友達作りをやめるつもりはないかな」

「どうして？」

「だってその方が楽しい人と話せる確率が高くなるじゃん！　今みたいにね！」

彼女は僕の目を見ながら大げさに笑った。

「僕は別に、面白いことを言ってるつもりはないよ」

「そんなことないよ。さっきだってちゃんとツッコんでくれたでしょ？」

「あれは君のパスが上手かっただけだよ」

「でもちゃんと受け取ってくれた。だから私にとって工藤くんはもう立派な楽しい人だよ。胸を張りましょう！」

自己肯定感の低い僕には、どうにも納得できない言い分だった。けれど隣を歩く彼女の横顔が本当に楽しそうだったものだから、その屈託のない笑顔を信じて、それ以上の反論はやめることにした。

「着いた！　よし、まずは本屋さんに行こう！」

ショッピングモールに入るや否《いな》や、そう言い出したのは彼女だった。

「この前行ったばかりじゃない？」

「またおすすめの漫画教えてくれるって言ったじゃん！」

「ああ、そういうこと。わかった、行こう」

とくに異論もなかったので彼女の後をついていく。書店に入ると、彼女は「あ、ちょっと先にいい？」と言って、とある出版社の棚を物色し始めた。

「あった！　これだ！」

漫画コーナーの一角で彼女は一冊の本を手に取った。それはこの前僕がおすすめした『ヒロキの大冒険』のスピンオフ作品だった。

「それ、そんなに気に入ったの？」

「うん。工藤くん漫画を見る目があるよ、この作品はとても深いと思う」

「そ、そうだね……」

ささやかな嫌がらせのつもりでおすすめしたというのに、どうしてこうなってしまったのだろうか。

「ねね、他におすすめの漫画はないの？」

「それじゃあ、これかな。人の心が読める少女と、見た目は不良なのに心の中は純粋な男の子の話」

「ふむふむ」

「ほら、人の心って醜《みにく》い部分があるでしょ？」

「うん」

「主人公の女の子は人の醜い部分を見すぎちゃって人間不信になってるんだけど、そんな時にたまたま転校してきた不良少年の純粋な心を読んで興味を持つんだ。その男の子は見た目は怖いし表面上の態度も悪いのに、心は綺麗で、でも悲しい過去があって……」

「よし今すぐ買ってくる！」

最後まであらすじを聞くこともなく、彼女はその漫画を持ってレジへ向かっていった。

何かをおすすめしても、大抵の人は「今度見てみる」だとか「時間があったら」なんて言って実際に行動へ移すことは少ない。だから彼女のようにわかりやすく興味を示してくれる人というのは珍しい。

些細《ささい》なことではあるけれど、彼女と一緒にいると、どうして彼女がクラスの中心にいるのかが人間関係に疎い僕にもわかってしまう。

だけど長所と短所というのは、本質的には同じなのだと僕は常々考えている。

たとえば、臆病《おくびょう》という短所は言い換えてみれば慎重で思慮《しりょ》深い性格と言えるし、空気が読めないという短所は周りの目を気にせず自分を貫ける信念の表れとも言える。

どんな短所であろうと受け止め方や解釈によって長所となりえるし、長所もまた、時と場合によっては短所に姿を変える。

「買ってきたよ！　そうだ、今度はおすすめの小説も教えてよ。工藤くんなら面白い小説もたくさん知ってそう！」

何に対しても興味を持つという彼女の長所は、同時に無遠慮《ぶえんりょ》という短所でもあると思う。少なくとも今、僕はそう捉《とら》えてしまった。

「……考えておくよ」

そう言って僕は彼女の顔も見ずに歩き始めた。

頭ではわかっている、早川さんは何も悪くないと。先日の件と同じだ、書店で小説の話題が出ることに違和感はない。

それでも、できることなら小説の話には触れてほしくはなかった。

僕が小説を書かなくなって漫画ばかりを読むようになったという情報から、小説に対して後ろ暗い感情を持っていることを読み取ってほしいと、そんなわがままな思考を抱いてしまった。

さっきおすすめした漫画の主人公じゃあるいまし、僕の捻くれた心理が言葉なしで伝わるはずがないのに。

小説の話はしないでほしいと、僕が自分の口で言わなければ。

しかし、伝えたところで果たして彼女からの理解を得られるのだろうか。「どうして？」「もったいないよ」と、またそんなことを言われるのではないか。

そう考えると、開きかけていた口が重くなってくる。

いつも笑顔を絶やさない彼女はきっと、今まで何の苦労も悩みもなく生きてきたに違いない。挫折《ざせつ》を味わった人間の心情など理解できないだろう。

「君はさ、なりたいものとか将来の夢はあるの？」

何を思ったのか、隣に並ぶ彼女に僕はそう訊ねていた。

もしかしたら、あると即答してほしかったのかもしれない。

将来の夢を希望に満ちた顔で語ってもらうことで、僕と彼女は全く違う世界にいるのだと自分を納得させられるかもしれないから。

そうすれば、彼女の短所を、僕は尊敬という形でもう一度長所として捉えることができる。

だけど疑問を口にした瞬間、その言葉の愚かさを自覚して後悔した。

……将来の夢？

何を馬鹿なことを訊いているんだ僕は。

「夢かぁ。私、実は昔からパティシエに憧れてたんだー！」

「……そう、なんだ」

最低だ、僕は最低だ。

知っているのに。彼女には将来なんてないことを。

「あ、今度工藤くんにも何か作ってあげようか？　甘い物好き？」

「……うん、好きだよ」

「良かった！　楽しみにしてて！」

腕によりをかけて作るよと、楽しげに話す彼女の横顔を見て酷く胸が痛んだ。

こうして彼女に未来の話をさせることが、訪れないかもしれない未来を想像させることが、どれだけ罪深いことか。

「……ごめん」

そう口にせずにはいられなかった。

彼女からしてみれば、唐突に詫《わ》びる僕が不気味《ぶきみ》に見えるかもしれない。どうして謝られるかなど想像もつかないだろう。

未来を知っているのは僕だけ、僕だけが彼女の悲しい未来を見ている。そこから生じる罪悪感《ざいあくかん》なんて想像できるはずがない。

「なんで謝るの!?」

案の定、彼女は目を丸くして驚いている。

「ああいや、ごめん、気にしないでほしい」

「……はは一ん」

彼女はしばし考え込むような素振りを見せ、それからよくわからない笑い声を発したかと思うと、僕の肩をぱしぱしと叩いてきた。

「工藤くんってさ、物事を難しく考えちゃうタイプでしょ?」

「まあ、うん……自覚はあるよ」

「やっぱりね！」

にこやかに笑う彼女が再び肩を叩いてきた。

「工藤くんがどうして謝ったのかは全くわからないけど、謝らないでいいんだよ！むしろ私の方こそごめんね？」

「どういうこと?」

今度は僕の方が、彼女が謝る理由に心当たりがなかった。

「その、小説の話……あんまりしてほしくなかったよね？」

――あまりにも突然告げられたそれに、返す言葉を失った。

一瞬思考が停止して、それから、彼女がどうやって僕の小説に対する感情を読み取ったのかという疑問が湧き上がる。

「……どうしてそう思うの？」

「前に本屋さんに行った時も、さっきも……小説の話になった途端に、工藤くん凄く悲しそうな顔をしてたから」

「そんなにわかりやすかったかな」

「結構ね。でも、私は自分の好奇心というか、工藤くんへの興味をつい優先しちゃって……。だからごめんね。これからはできるだけ小説の話はしないようにするね」

驚いた。というより感心した。いいや、それも適切な表現ではない。感心というのは上から物を言う時に使う言葉だ。

普段は何も考えていなそうな彼女は、こと精神面において僕よりも成熟しているように感じられた。言うなれば尊敬にも近い感情を僕は抱いた。

彼女は、小説の話には触れてほしくないという僕の幼稚なわがままを読み取り、あろうことか謝罪の言葉まで口にしている。謝らなければいけないのは捻くれている僕の方だというのに。

「あ、工藤くんまた考え事してるでしょ」

「よくわかったね」

「あはは、やっぱり！　工藤くんって意外とわかりやすいよね！」

一体何が面白いのか、彼女は僕の返答を聞くとそれはもう愉快そうに笑った。

あまりにも笑うものだから咽《むせ》てしまったらしく、彼女はげほげほと涙目で咳《せき》込んでいた。

「そんなに笑うところじゃなくない？」

「いやー、なんか面白くって。私が朝、何の意味もなくおはようって挨拶《あいさつ》しただけでも色々考えたりするのかなって思うと笑いがっ……ふふふ」

「僕を何だと思ってるの」

失礼なような、そうじゃないような、何とも言えない想像をして笑う彼女のお気楽な顔を見ていると、確かに僕は物事を難しく考えすぎていると思えてくる。

実際、彼女に挨拶をされるだけで考え事をするというのはあながち間違いでもない。

彼女の意外な一面を知るたびに距離が近くなっていくような気がして、僕はつい恐れてしまう。

目の前で楽しそうに笑っている彼女が、いつかこの世界からいなくなるのだと思うと鳥肌《とりはだ》が立ちそうになる。

「さーて、そろそろお昼ご飯食べよっか。工藤くんは何食べたい？」

「僕は何でもいいよ」

「じゃあパスタ食べよ！」

「うーん、何でもいいけどパスタって気分ではないかな」

「むむ、ならハンバーグは？」

「それもちょっと気分じゃないかな」

「うーわ、めんどくさっ！」

「冗談。いいよ、君の好きなところに行こう」

本人がいる前で縁起《えんぎ》でもないことを考えてしまった罪悪感からか、らしくもない冗談を言って早川さんを笑わせようと試みる。

「あははっ。やっぱ工藤くん面白いって！」

「それはどうも」

彼女は見ているこちらまで嬉しくなりそうな笑顔を見せてくれた。彼女の笑みには思わず見惚《みと》れるような華やかさがある。

その後僕らは一階にあるイタリアンレストランに足を運んだ。お昼時ということもあってそれなりに人は多かったけれど、運よく席に座ることができた。

「私はほうれん草とベーコンのパスタね！」

メニュー表を開くこともなく、席に座るや真っ先に彼女が口にした。

「即決だね。ここ、よく来るの？」

「月一くらいで来てるよー。うちから近いからね。ここまで歩いて数分くらい」

「ということは駅にも随分と近いことになるけど、その割によく遅刻するよね」

「いやぁ痛いところをついてくるね……。でもそれには事情があるんだよ！」

「事情？」

「夜中までネットで動画を見たり、友達と電話したり……」

「自業自得じゃないか」

「へへへ」

罵《ののし》られるのを待っていたかのように彼女は満足そうに頬を緩めた。その様子を視界の端で捉えつつメニュー表に目を通す。

「僕はクリームパスタでいいかな」

「じゃあ店員さん呼ぶね」

「うん、お願い」

テーブル備え付けのボタンを押し、各々《おのおの》決めていた料理を注文すると、彼女は喜々として突拍子もない話を切り出してきた。

「ところで工藤くんはさ、付き合うならどんな性格の子がいい？」

「なに、急にどうしたの？」

「私まだ工藤くんのことをよく知らないからさ、この機会に色々と訊いておこうと思って」

「それで最初に出てきた疑問がそれなんだ」

「別に適当に訊いたわけじゃないよ？　ちゃんと理由があります！」

何故か自信に満ちた様子の彼女が、いかにも「私の持論を聞いてほしい」といった顔をしていたので、大人しく続きを促すことにした。

「好みって、その人の考え方が反映されると思うんだよね。たとえばさ、一緒にいて楽しい人が好きって子は、その子自身も楽しいことをいっぱいするような性格だと思うの」

「なるほど」

何の気なしに聞いていたけど、意外に説得力がある。

「だから工藤くんのことを知るには好みのタイプを聞くのが一番早いのかなって」

僕の好み。その手のことはあまり考えたことがなかった。

「……強《し》いて言うなら、趣味が合う人かな。音楽とか漫画とか」

「じゃあ『ヒロキの大冒険』を気に入った私は工藤くんと趣味が合うことになるね」

「それはどうかな」

その理屈でいくと、残念ながら僕たちは壊滅《かいめつ》的に趣味が合わないことになる。

「逆に早川さんはどんな人がタイプとかあるの？」

「よく笑う人かなぁ。うーん、でも好みのタイプと実際に好きになる人って全然違うんだよねー」

「そうなんだ」

過去に苦い経験でもあるのか、彼女にしてはやや悩ましげな口ぶりだった。

「聞きたい？　私の恋バナ」

「いや、別に」

「どうしてもって言うなら聞かせてあげようじゃないか！」

「いやだから、僕は別に……」

「あれは今から一年前のことだった……！」

ダメだ、話を聞いてくれそうにない。

でもまあいいや、減るものでもないし、料理が来るまでの暇潰《ひまつぶ》しだと思って付き合ってあげることにしよう。

「一年前の当時、初恋もまだだった私は毎日をただ適当に生きていました」

「うん」

「そんなある日の放課後、私はひとりの男の子と出会ったのです。終わり」

「え?」

「ん? 終わりだよ。それが私の初恋」

「いやいや、え?」

別に彼女の話に興味があったわけではないけど、その終わり方はさすがに酷い。

「もっとあるでしょ。その男の子とどういう話をしたとか、どうして好きになったとか。その後のこととか」

「恥ずかしいから秘密!」

「自分から勝手に話しておいて……」

「あはは、ごめんごめん。あっ、ほら! 料理来たよ!」

都合のいいタイミングで運ばれてきた料理のせいで半ば強制的に話が中断されてしまった。けれど鼻腔《びくう》を満たす香りが、すぐにどうでもいいことだと彼女の話を脳内から消し去ってくれた。


昼食をとった後も、僕たちは施設内をぶらぶらと歩き回った。

京都行きの新幹線で使う予定のトランプを買ったり、ふたりとも楽器なんて弾《ひ》けもしないのに楽器店を見たり。

頬《ほお》が痛くなるのではないかと言うくらい、彼女は終始楽しそうに過ごしていた。

しかし彼女の笑顔に比例するように、僕の心は不安で満ちていく。

どれだけ美味しいものを食べても、いずれ彼女は死んでしまう。どれだけ可愛い服を着ようと、どれだけ面白い漫画を読もうと、彼女はいなくなってしまうんだ。

目の前にいる人物が死ぬのだと僕だけが知っている。その居心地の悪さが、僕の目に映る彼女の笑顔を濁《にご》らせていた。

こんなにも明るい彼女がどうしてと、つい運命を憎んでしまう。

そして彼女を失うことに恐怖心を抱いている小心者の自分すらも憎みそうになる。

僕は彼女とどう関わればいい？

彼女と親しくなるのは時間の問題だ。きっともう、ただのクラスメイトという関係ではいられなくなる。僕とは正反対の、真っ直ぐな心を持つ早川さんにはそれだけの魅力がある。

果たしてそれでいいのだろうか。

予知は避けられない。作家になれないと知ったあの瞬間の絶望を、僕は今でも鮮明に覚えている。

もしも僕が最初から作家を目指していなかったら、そんな夢を見たところで心に傷を負うことはなかったはずだ。

今回も同じだ。彼女と仲良くなりさえしなければ、これからも平穏でいられる。

でもそれは、友好的に接してくれる早川さんを拒絶することに他ならない。

彼女にはもう時間がない。長くてもあと一年程度、いつその瞬間が来てもおかしくないんだ。そんな彼女を僕が拒絶して傷つけて、もしその直後に死が訪れたとしたら。彼女の最期の瞬間が幸せではなかったとしたら。

その時僕は何を思うだろうか。

「まーた考え事をしているのかなー?」

ご機嫌そうに隣を歩く彼女が「聞いてるー?」と僕の顔の前で手を振ってきて、そこでようやく僕の意識が現実に引き戻された。

「ごめん、考え事してた」

「何を考えていたのか当ててあげよっか?」

「言うだけ言ってみて」

「えーん、そろそろ帰る時間だぁ、まだ帰りたくないよーって思ってたでしょ」

「よし、さっさと帰ろうか」

「あははっ!　やっぱり辛辣だぁ!」

冗談めかしつつも、そろそろ帰る頃合いだろうという意見で一致した。

商業施設を出た後、改札口まで見送ってくれた彼女に「ありがとう」と軽くお礼を述べる。

「どういたしまして！　今日は楽しかったよ！」

「それは良かった。じゃあまた明日」

「うん、また明日ね！」

手を振ってくれる彼女の視線を受けながら改札をくぐり、電車に乗り込むと、これから彼女とどうすべきかという、中断されていた思考を再開した。

手頃なつり革を掴み、揺られながら考えた末に導き出されたのは、僕らはやはり他人でいるべき、というものだった。

ただしそれは、精神的にという意味で。

彼女と関わり始めて痛感した。彼女と距離を置くのはおそらく不可能だ。たかしに相談した際に出した、「避けることも関わることもない他人でいる」という答えは既に破綻《はたん》している。

今後も彼女は二班のメンバーで集まろうとするに違いない。それ以外でも話す機会は増えるだろう。

僕が徹底すべきは、そこで彼女に関心を持たないことだ。

仮に彼女と友人関係になったとしても、これ以上心を開いてはいけない。僕も彼女も傷つかない妥協《だきょう》点はもうそこにしかない。

ちょうど結論が出たタイミングで、彼女からメッセージが送られてきた。

【今日はありがとう！　楽しかったよ！】

既読を付けてしまった手前、無視するわけにもいかないので、タヌキが「うむ」と言っているスタンプだけを送ってスマホをポケットにしまい込んだ。

今日は疲れた。彼女といるとどうしても考え事が増えてしまう。気を抜けばこのまま立った状態で寝てしまいそうだ。

うとうとしていると、またポケットのスマホが振動したのがわかった。

彼女からの返信だろうと思い確認すると、僕と同じスタンプを送ってきていた。直後、もう一通のメッセージが届く。

【ねね、これからは公平くんって呼んでもいい？】

距離を保ちたい僕としてはあまり良いことではないけれど、ダメと返すのはあからさまに距離を取りすぎている。それは避けておきたい。

要は僕さえ彼女に気を許さなければ何も問題はない。

【いいよ】

短く返して、今度こそスマホをしまった。

その晩、予知夢を見た。いつもはどうでもいい未来ばかりを見るというのに、ここ最近はとある人物に関する夢の頻度が高い。

目を覚ますと、疲れが抜けない体を何とか起こして予知ノートに向かいペンを走らせた。

一体、何が原因でこの未来が起こるというのだろうか。ノートに書かれた文面を見て何度も重いため息を吐く。

【早川愛梨が、僕に好きだと告げる】

あまりにも短く、あまりにも静かな夢だった。

電気を消していたのか、夢の中は視界が暗く、彼女のひと言だけがかろうじて聞き取れた。時間にして僅か数秒程度の予知。

彼女とどう関わるべきか、出したはずの答えがまた揺らいでしまった。

僕はどうするべきだ。どうしたいんだ。

ふと紙面に雫《しずく》のようなものが落ちてきた。じわりと紙を滲《にじ》ませ、やがてノートに染み込んでいく。どこからこぼれ落ちてきたのかを探り、やがて不可解なことに気付いた。

どうしたことか、僕は、涙を流していた。

第三章

どれだけ彼女との仲が深まろうと、心の距離を一定に保っていればいい。そうすれば彼女がいなくなっても傷つかなくて済む。

昨日までの僕はそう考えていた。しかしあの予知夢を見てしまってはそうもいかない。仮に僕が平常心でいられたとしても、彼女がそうでなかったのならば何も意味がない。

家を出る前にもう一度予知ノートを読み返した。

【早川愛梨が、僕に好きだと告げる】

一体いつどこでそれを僕に告げるつもりなのだろう。

そもそも、告白の相手が僕である理由も、僕に好意を抱く理由もわからない。予知が間違いなのではないかとさえ思ってしまう。人から好かれるような魅力が自分にあるとは到底考えられない。

ましてや相手はあの早川愛梨だ。僕とは比較にならないほど素敵な相手などいくらでもいるだろうに。

それでも、あれが予知夢であることはこれまでの経験と感覚を踏まえても疑いようのない事実で、見てしまったからには受け入れなくてはいけない。受け入れたうえで、もう一度身の振り方を考え直さなくては。

今後、彼女が僕を好きになりかねないような、何かきっかけになる出来事が起きるはずだ。

そのきっかけさえなくすことができれば、もしかすると未来の解釈くらいは変えられるかもしれない。

最終的に「好き」と言う未来は確定していても、それが恋愛感情からくるものなのか、あるいは友愛的な意味合いなのかは不確定だ。まだどちらに転んでもおかしくはない。

となれば、僕の精神的な距離を問わず、彼女と交流を深めるのは危険な行為だ。

これは僕だけでなく、彼女のためにも。

もしも彼女の死因が即死以外の形だったなら、特別な相手がいるというのは苦痛に他ならない。まだ生きたい、もっと一緒にいたいと、そう願うだろう。それはあまりにも残酷なことだ。

もちろん、自分が好意を向けられることを前提にするほど僕は自惚《うぬぼ》れていないし、客観的な判断を下すなら、彼女の言う「好き」は友愛からくる言葉の可能性の方が高い。

だけど万が一を考えるのなら、できる限りリスクは潰しておくべきだ。

僕にできることは一つ。

早川さんとは、これ以上深く関わらないことだ。そうすれば僕が彼女にとって特別な存在になることも、互いに傷つく未来も訪れない。

良心は痛むけれど、この選択は間違っていないはずだ。

教室の扉《とびら》を開けると、あからさまに好奇心を目に宿した佐藤さんと朝練終わりのたかしが詰め寄ってきた。何を言われるかは大体想像がつく。

「昨日行けなくてすまん公平！　それで、どうだった？」

「私も聞かせてほしいな」

「普通だったよ」

彼女は今日も遅刻寸前だろうか、教室内に早川さんの姿がないことを確認してから淡々と答えた。

「普通だったじゃ伝わらないよ。何か感想はないの？」

「強いて言うなら、疲れたかな」

席に荷物を置き、一限目の準備を進めながら昨日の感想を述べると、佐藤さんは「なるほどね」と悟ったような苦笑いを見せた。

「なんとなく察したよ。お疲れ様だね」

普段から彼女と一緒にいるだけあって、「疲れた」というひと言だけで佐藤さんはおおよその事情を察してくれたようだった。

同じく興味津々《しんしん》に寄ってきていたたかしは、僕のつまらない返答を聞いて「なーんだ」と、別の男子グループとのトークに交ざっていった。

たかしの後ろ姿をふたりそろって目で追ってから、佐藤さんはあらためてこちらに向き直る。

「でもさ、なんだかんだ愛梨っていい子でしょ？」

「それは……まぁ」

素直に認めるのがどうにも悔《くや》しくて思わず言葉を濁した。

佐藤さんの言う通り、彼女は思っているよりもずっと立派な人間だった。少なくとも、僕よりもよほど周囲の人間を深く観察している。

返答を濁しただけでまたも察してくれたのか、佐藤さんはそれ以上追及してこなかった。彼女のことを深く理解しているからこそ、それに影響を受けた僕の内面も読み取り察することができたのだろう。

「あ、愛梨からメッセージ来た。今下駄箱にいるんだってさ」

「偉いね、今日は時間ギリギリじゃない」

「だね。そろそろ来るんじゃないかな」

早速、どたばたと賑やかな足音が耳に飛び込んできた。

「みんなおっはよーう！」

勢いよくドアを引いて現れた彼女を、クラスメイトたちが慣れたように迎え入れる。

「真奈美も公平くんもおはよう！」

ひとしきりクラスメイトたちと挨拶を交わした彼女は、話をしている僕らに気付くとすぐに駆け寄ってきた。

「……おはよう」

今朝の夢が脳裏《のうり》をよぎって、つい彼女から目をそらしてしまった。

「あれ、どうしたの？　公平くん元気なさそうだね」

「そうかな」

「もしかしてまた考え事？」

「まあそんなところ」

「もー、公平くん考え事ばっかり！　何をそんなに思い詰めてるの？」

君のことだよ、とは口が裂けても言えない。

仮に早川さんとは関連のない悩みだったとしても打ち明けるつもりはない。悩みの共有というものは、一歩間違えれば仲を進展させるきっかけになりかねない。

「人に言いづらいことだからこうして思い悩んでるんだ」

「大丈夫、私は全てを受け入れるよ……！　さあおいで！」

「遠慮しとくよ」

「だーっ！　振られたぁあ！」

大して悲しくなさそうな口ぶりで「真奈美〜慰《なぐさ》めて」と同情を求める彼女だったが、佐藤さんは僕の味方だったらしく、軽くあしらっていた。

朝から賑やかな人だ。ここは僕の席だというのに、早川さんがいるというだけで彼女のために用意された空間のように感じてしまう。

どさくさに紛れて会話から抜け出そうにも、彼女には引力があるのか、たびたび僕を話の渦中《かちゅう》に引き込もうとしてくる。

彼女の長所であり、同時に悪癖《あくへき》でもあるその人を惹きつける力は、現在の僕には悪癖としての色が濃いように思えた。

「今度こそ四人で遊びにいこうよ！」

「予定が合えばね」

便利な言葉だ。こう言っておけばいざ誘いを断っても予定があったからと言い訳ができる。明確に拒絶せずに距離を保つには最適な返しだ。

僕は彼女と距離を縮めるわけにはいかない。こうして朝から話をすることも決して望ましいこととは言えない。

しかしながら、僕の考えなど知る由もない彼女が誘いの手を緩めてくれるはずもなく、昼休みになった途端に弁当箱を持って猛ダッシュで僕のもとに来た。

「公平くん！　せっかく同じ班になったんだし、みんなで一緒に食べようよ！」

「ごめん、お昼はひとりで食べたいから」

「いつもたかしくんと一緒に食べてるじゃん……！」

「……君って結構人のこと観察してるよね」

「それなりにね。その、私とご飯食べるの、嫌なのかな？」

「嫌ではないけど……」

そう言われると断りづらい。

上手く彼女を躱《かわ》す理由が見つからず、かといって昼食をともにするのも気乗りしない。いかにして彼女を避けるか、という僕の命題はつまるところ、いかにして巧妙な嘘をつくかに収束する。僕には少々難しい問題だ。

言いよどんでいるうちに、たかしが「お！　今日は早川と佐藤も一緒なのか！」と僕の席へ来てしまい、返事を待つまでもなく机を寄せ始めた。

「ね、いいでしょ？　ほら、返事はー？」

「……わかったよ」

結局、断りきれずに彼女と食事をともにすることになってしまった。

僕は押しに弱いのだろうか。頭ではダメだと思いながらも、彼女に詰められるとつい流されてしまう。

「いやぁ、こうしてみんなでご飯を食べると仲良しグループって感じがするよね」

「……そうだね」

なるべく彼女と目を合わせないよう手元のパンを凝視《ぎょうし》する。

「そうだ、昨日は結局あんまり訊けなかったけど、私まだ工藤くんに色々質問したいことがあるんだよね！」

「……なに？」

彼女の言う「色々」は本当に言葉通りの意味で、それは質問攻めというよりも、もはや尋問《じんもん》に近かった。

「身長いくつ？」

「百七十ちょうど」

「おお、私より十五センチも高い！　じゃあ好きな食べ物は？」

「ハンバーグ」

「意外と子供っぽいんだね」

「悪かったね」

しばらくそんなやり取りが続いた。途中からは尋問に疲れて口が回らなくなってきた僕の代わりに、たかしが答えてくれるようになった。

「もう、私はたかしくんじゃなくて公平くんに訊いてるのにー」

「悪いな愛梨、公平も前まではもう少し愛想《あいそ》のあるやつだったんだけどな。最近は大人しいんだよ」

「へー、大人しいって？」

「うーん、なんか無気力になったというか、そんな感じ。佐藤は一年の時同じクラスだったからわかるんじゃないか？」

「あー、言われてみればって感じかな。落ち着いた雰囲気なのは変わらないけど、前はもう少し明るかったよね」

「だろ？　公平って意外とわかりやすいからな」

確かにたかしの言う通り、僕はすっかり無気力な人間になってしまった。一年前に見た小説家にはなれないという予知夢が、僕の全てを狂《くる》わせた。

「実は公平、一年の頃は放課後に俺みたいな成績悪いクラスメイトたちに勉強教えてくれてたんだぜ」

「そうなの!?」

「ああ。今はもう俺にすら教えてくれなくなったけどな……」

「たかしは教えても覚えようとしないからだよ」

「ち、違うんだ。ちょっとやる気が出ないだけで……！」

「あはは、ふたりとも仲が良いよね！」

僕たちのやり取りを見て、早川さんはくすくすと笑みをこぼしている。本屋での件もあってか、僕の深い部分まで踏み込もうとはしてこなかった。

そのことに安堵しつつも、和気あいあいと会話をしてしまっている現状に危機感を覚える。すると追い打ちをかけるように、彼女がこれまた悩みの種になりかねない提案をしてきた。

「あ、そうだ、みんな今週空いてる？　良かったら今度こそ四人で遊びにいこうよ！」

彼女の誘いはいつも絶妙に間が悪い。僕が心に決めたことを真っ向から否定しにきているかのようだ。

悪いけど、その誘いに応じるわけにはいかない。

僕の脳内は、どうすれば角が立たずに断れるかで埋め尽くされていた。

「あ、俺今週の土日は野球部あるわ」

「そうなの？　じゃあ無理かな……」

間の悪い早川さんとは対照的に、たかしは都合良く予定を抱えてくれていた。

やはり持つべきものは友だ。よくぞ言ってくれたと、表情を崩さないまま心の中で密かにたかしを称賛《しょうさん》した。

「いや大丈夫、サボるわ！」

「おおーっ！　さっすがー！」

いやいや、こら。何が「いや大丈夫」なんだ。僕が大丈夫じゃない。称賛は撤回《てっかい》させてもらう。

「だろ！」

「……ごめん、僕は用事があるんだ」

仕方がないので自ら断ることにした。

「用事って？」

「用事は用事だよ」

「怪《あや》しいねぇ！」

……ひょっとして避けられていると勘付いているのだろうか。ただでさえ嘘をつくのが苦手な僕と、観察眼が培《つちか》われた彼女。可能性は否めない。

その後も彼女は僕に来てほしそうにしていたけれど、僕も僕で折れることはなく、昼休み終了のチャイムを口実に無事逃げ切ることができた。

しかし安心するのはまだ早い。彼女がそう易々《やすやす》と諦めるような人間とは思えない。

放課後、念のため声をかけられないよう足早に教室を抜け出すことにした。

やはりと言うべきか、僕が教室を出た直後、後を追うように彼女も教室を飛び出してきた。

単に教室を出るタイミングが同じだったという可能性を検証するべく、あえて下駄箱とは反対方向に歩いてみた。するとどうだろう、なんと彼女も僕と同じ方へ、と言うより後ろをついてくるではないか。

確信した、このままだと確実に声をかけられてしまう。

少しでも距離を離すために僅かに足の回転を速めた。釣られるように、後ろから聞こえてくる足音もテンポが速くなってくる。

僕が階段を下れば彼女も下り、僕が廊下を歩けば彼女も歩く。なんとか振り切ろうとさらに速度を上げてもしっかりとついてくるから困りものだ。

そうして、早歩きというよりもはや競歩にも近い状態で僕たちは十数分も無言で校舎内を歩き回っていた。

すれ違う生徒から「こいつ何やってんだ？」と言わんばかりの訝《いぶか》しげな目を向けられながら高速で通り過ぎる僕と、数秒後同じ生徒の横を同じように通りすぎる彼女。目撃した生徒たちは僕らが一体何をしているのか理解できないだろう。僕にもわからないのだから。

やがて全身への酸素供給が赤字になり、僕はついに限界を迎えた。

ぴたりと足を止め、観念《かんねん》して振り返るとやや息の上がった彼女がすぐそこにいた。

「はぁ……僕の負けだよ」

「へへ……私の勝ちだね」

時折咽《むせ》て咳《せき》をしている彼女は幾度か深く息を吸って呼吸を整えると、勝ち誇ったような笑顔を見せてきた。

「ところで、私たちどうしてずっと歩き回ってたの？」

「そんなの僕が知りたいよ」

自分でもとことん意味のわからない行動に呆れて笑いが込み上げてくる。そんな僕を見てか、彼女もまた頬を緩めた。

「それで、僕に何か用？」

「あ、そうだった。昼休みの話の続き！」

「さっきも言ったけど土日は用事があるから無理だよ」

「む、競歩に勝った方の言うことを聞くって約束はどこにいったの！」

「そんな約束をした記憶はないね」

「奇遇《きぐう》だね、私もないよ」

「帰っていいかな」

「それはだーめ」

僕にどうしろと言うのだろう。一緒に出かけることを承諾《しょうだく》すればすぐにでも解放してもらえるのだろうけど、これ以上親しくなる機会は設けたくないというのが本音だ。

「別に今週じゃなくてもいいからさ、公平くんも一緒に行こうよ」

「そうまでして僕と仲良くなりたい？」

「なりたい！」

一切の迷いなく笑顔で肯定された。

「……そっか」

その純粋さを見ていると、彼女がいずれ死ぬことへの言いようのない不安と、そんな彼女を避けようとしていることへの罪悪感が再び湧き上がってくる。

僕は彼女が嫌いだから避けているわけじゃない。むしろ魅力的な人物であると認めているからこそ、失った時の傷を浅く済ませられるよう距離を保とうとしているのだ。

「ねぇ、どうしてもダメ？」

「……考えておくよ」

先々のことを考えるのならここは拒否を貫かなくてはいけない。

そうわかっていても、どうしても強く拒絶することができなかった。

彼女が僕と仲良くしようとしても、僕が彼女を拒絶しても、僕の心は乱されてしまう。

「えー今答えてよー。ほーら、返事はー？」

「……はぁ、わかったよ、行くよ」

幾ばくかの間を置き、やがて観念したように頷いてみせた。

「ほんと!? やったぜー!」

つくづく思う、僕は意志が弱い。

もっとも、彼女からしてみれば僕の優柔不断《ゆうじゅうふだん》は好都合らしく、誘いに乗るやまたも勝ち誇ったような笑みを浮かべていた。

「それじゃ、今週の土曜日よろしくね!」

約束を取り付けて満足したのか、それとも用事でもあるのか、彼女はそそくさと去っていった。何故か去る時までノリノリの競歩だったのはさすがの僕にも意味がわからない。

もしかして、競歩、気に入ったのだろうか。


それから週末までの数日は至って平和だった。

相変わらずよくわからない理由で彼女に話しかけられることは何度かあったけれど、それはひと言かふた言で済むような軽い内容ばかり。許容範囲だった。

どうやら、人気者の彼女は毎日僕にだけ濃く接することは難しいらしく、僕をお昼に誘うこともなく日替わりでクラスの様々な人たちと昼食をともにしていた。

予知ノートをめくってみても、この数日間で彼女について言及されている夢はない。

蝉の声がどうとか、健康番組がどうとかいう、どうでもいい内容ばかり。

本当に平和だ。朝学校に来て漫画を読み、朝練を終えたたかしと軽く話す。昼食もたかしと済ませ、午後の授業を適当に聞いて下校。

部活もバイトもしておらず、テスト週間でもないこの日々は、捉え方によっては退屈とも言える日常だ。

でもそれでいい。これこそ僕が欲している平穏の形なのだから。

しかし理想通りの日々を過ごしているはずなのに、ここ数日、心の方は少々落ち着きがなかった。

原因は自分でもわかっている。早川さんだ。

授業中でも、休み時間でも、僕はつい彼女を目で追ってしまう。

彼女はとてもよく笑う。いつでも、誰と話をしていても楽しそうで、気が付けば一緒にいる相手まで笑顔になっている。

周囲に幸せを振りまく彼女は、そのせいで幸運や幸福を使い果たしてしまったのではないだろうか。そうでなければ、あんな未来はとても信じられない。

予知ノートを読み返すたびに心臓が嫌な音を立てる。

時折、楽しげに笑う彼女と目が合うことがある。

廊下ですれ違う時に話しかけられることがある。

そのたびに悲劇的な最後を想像してしまって、平穏であるはずの日常を享受《きょうじゅ》できずにいる。

そうして過ごしているうちに、約束の土曜日を迎えていた。

机に置かれている予知ノートをめくり、

【早川愛梨が、僕に好きだと告げる】

その記述を読み返してはため息を吐く。これのせいでどうしても気乗りしない自分がいる。

今まで、予知で頭を悩ませる機会なんて滅多になかった。

むしろ未来への覚悟が事前にできることもあって、このノートはお守りのように扱ってきた。そのため外出時でも持ち歩くようにしている。内容が内容だから、知らぬ間に人に見られないよう常に手元に置いて管理するという意味もあるけれど。

怪我も風邪も、不都合な未来も、わかってさえいればそれなりの備えができる。だから予知ノートさえあれば安心だった。

しかしどうだろう。彼女と関わるようになってから、僕の心は乱れてばかりだ。

大雨でも降って延期になればいいのにと淡い期待を抱くも、カーテンを開けてみれば一直線に降り注ぐ陽射しが眩《まぶ》しく、思わず目を瞑《つむ》ってしまった。

仕方なくリュックにノートを突っ込んで手短に支度を整える。

家を出ると暑さのあまり汗が噴き出してきた。もはや火に炙《あぶ》られているような感覚だった。

以前と同様に、無人の駅で切符を買って電車を待ち、待ち合わせ場所である下関駅へと向かう。着く頃にはちょうど正午くらいだろうか。

電車を降りて改札を抜けると、既に到着していた三人が僕を待っていた。

「公平くんやっほー！」

「相変わらず元気そうだね」

「まあね！」

乗り気ではない僕と違い、彼女は今日も気合十分なようだ。

「それで愛梨、今日はどこに行くの？」

「あ、佐藤さんも聞かされてなかったんだ」

「俺も聞いてないぞ」

どうやら僕らは約束の時間と場所だけを指定されていたらしい。

「ふっふっふ、今日はあそこに行きます！」

駅を出てすぐに、彼女が一つの建物を指さして宣言する。

そこは下関市民なら誰もが知っている、『海峡《かいきょう》ゆめタワー』と呼ばれる建物だった。

高さ百五十三メートル、展望室からはかの有名な宮本武蔵《みやもとむさし》と佐々木小次郎《ささきこじろう》が戦ったとされる巌流島《がんりゅうじま》や福岡県、響灘《ひびきなだ》が見える。

もっとも、地元民からすればこのタワーは風景の一部のようなもので、大抵の人は小学生の頃に一度は遠足で訪れている。

わざわざ直前まで伏せて行くような場所でもないが、この暑さの中、駅から徒歩五分の距離にあることを考慮すれば悪くない選択だった。

特に異論もなくタワーに向かった僕たちは入り口横の券売機に三百円を放り込み、高校生用のチケットを購入した。

それらが済むといよいよエレベーターで最上階である三十階展望室を目指す。

「久しぶりに来たけどやっぱり高いね……！」

最上階に到達すると、早川さんは我先にと展望室に飛び出た。

周囲の客に迷惑のないよう彼女なりに気を遣ったのだろう、はしゃぎながらも声量は公共の場にふさわしい程度に抑えられていた。

急ぎ足で飛び出した彼女の後ろを僕たちもついていく。

今日は雲一つない晴れ模様。ガラス張りの展望室から見渡す景色は絶景だった。

左には下関の街並み、右にはどこまでも広がる海が陽射しを反射して宝石のように煌めいていた。室内は円形に設計されており、反対側まで歩けばまた違った景色が見えてくる。

下関と福岡を結ぶ橋である関門海峡《かんもんかいきょう》や、遠方には緑溢れる山口県らしい山の数々。

室内には至るところに望遠鏡《ぼうえんきょう》が設置されていて、佐藤さんは関門海峡を、早川さんは「宮本武蔵いるかな？」なんて言いながら巌流島を眺めていた。いるわけがないだろう。

そんな彼女たちを放って、僕とたかしは適当に展望室内をぶらついた。

「おい見ろ公平、あれお前の家じゃね？」

「本当だ、じゃああっちにあるのはたかしの家じゃない？」

「マジじゃん」

意外にも、僕は自分で思った以上に景色を楽しめていた。

行動力のない僕のことだ、誰かに連れ出されない限りこの場所に来ることはなかっただろう。あらためて、行動力の塊《かたまり》とも言える彼女の価値観は美徳だと思った。

しばらくして、「宮本武蔵いたよ、イケメンだった」などという妄言《もうげん》をまき散らしながら彼女が合流してきた。

「佐々木小次郎はどうだったの？」

「ハゲてた！」

彼女のノリに合わせてあげると、心底嬉しそうに小次郎の悪口を言ってのけた。あまりにもキレの良い言いっぷりについ笑いそうになってしまう。

「さて、そろそろ違う階に行くとしますか！」

「待って、そういえば佐藤さんはどこ？」

「あー、真奈美ね。反対側にいるけど、うーん……」

いつも笑顔を絶《た》やさない彼女が、困ったような、呆れたような顔を見せるのが珍しくて、微《かす》かな好奇心を刺激された。

「声かけてくるよ」

「い、一応私もついていくね……」

隣を歩く彼女はやはり困ったような顔をしていた。

「あ、いた。佐藤さん？」

熱心に望遠鏡を覗き込んでいる佐藤さんに声をかけた。しかし返答がない。完全にレンズの向こう側の世界に入り込んでいる。

「……どういうこと？」

説明を求め、早川さんの耳元で小さく囁く。

「これが真奈美の真の姿だよ」

「いや、意味がわからないよ……」

小声で会議をする僕らに気付く気配のない佐藤さんは、やがて望遠鏡から目を離すと、恍惚《こうこつ》の笑みを浮かべて呟いた。

「ああ、やっぱり、関門海峡は美しい……。あのフォルム、あの形状……たまらない」

……聞かなかったことにはできないだろうか。

いや、人の趣味を否定する気はないんだ。ただあまりにも意外だったというだけで。非常識な早川さんを宥《なだ》める常識人、というのが僕の認識だったものだから、まさか佐藤さんにこんな一面があるとは思いもしなかった。

「関門海峡……好きなの？」

「愛してるよ、橋全般。熱烈にね」

「そ、そっか」

そういえば、修学旅行では渡月橋に行きたいと言っていたことを思い出した。あの頃から片鱗《へんりん》を見せていたのだと今になってようやく気付いた。

「えっと、佐藤さん。別の階に行こうって話になってるんだけど、どうかな？」

「先に行っててていいよ、私はもう少し見てるから」

佐藤さんは取り憑《つ》かれたように再び望遠鏡を覗き込んだ。

「わ、わかった……」

これ以上触れないようにしよう。佐藤さんへの印象が変わってしまう前に。

佐藤さんを残し、僕ら三人は階段を下った。

二十九階は自販機とテーブルが設置された休憩スペースになっており、見える景色は最上階と変わらないため僕らはもう一階下まで下りることにした。

続く二十八階は『恋人の聖地《せいち》』と呼ばれているらしく、小さな縁結びの神社があった。そこでは恋みくじやハートの形をした南京錠《なんきんじょう》が販売されている。購入した南京錠は近くの格子《こうし》に取り付けるそうだ。

「どうして南京錠なんだろうね」

何気なく呟いた早川さんの問いへの回答は掲示板に記されていた。

「この南京錠を格子につけることで恋人との想いをロックします、だってさ」

「へー、じゃあ私たちにはあまり関係ないね！　たかしくんは恋人とかいないの？」

「俺は野球が恋人さ」

「今日部活サボってきたくせに！」

「ぐっ……何も言い返せねえ……！」

南京錠の他にも、この階にはカップル向けの記念撮影コーナーや絵馬をつり下げるスペースなどもあった。

「ふたりとも見て！　絵馬にメッセージを書いてる人がいるよ。【コウキくんへ、大好きです】だって！　片想いなのかな？　いいねぇ、青春だね～」

「せっかくだし早川さんも何か書いたら？」

「書く相手がいませんが！」

ひと通り恋人の聖地とやらを見学したものの、この場にいる誰にも恋人がいないため本当にただ見るだけとなってしまった。

彼女が笑いながら「次にここに来る時は大切な人ができた時だねー」なんて言ったのを最後に、僕たちはタワーの観光を終えた。

佐藤さんの件については触れてはならないという暗黙《あんもく》の了解があったので、彼女が満足するまで僕らはタワーの下で待つことにした。


「次はお昼ご飯を食べにいこう！」

数分後、佐藤さんが合流するや早川さんがそう提言した。

行きたい場所があるらしく、「ついてきて！」と大手を振って歩き始めた。そこはタワーを出たすぐ目の前、同じ敷地内の建物だった。

彼女曰《いわ》く、そこにあるお店の一角にはチョコレートファウンテンという、滝のように流れるチョコでバナナやマシュマロを甘く包む機械があり、彼女のお目当てはそれらしい。

僕もテレビやアニメでしか見たことがなかったから、それを聞いて少しばかり空腹感を刺激された。甘いものは嫌いではない。

しかし、彼女の案内通りに入った建物に、それらしきお店はなかった。

そこにあったのはしゃぶしゃぶ屋さんだった。

「もしかして、フルーツにチョコをつけるのとお湯に肉をつけるのを間違えるという、高度なギャグだったりする？」

皮肉《ひにく》交じりに言うと、彼女は魂《たましい》が抜けたように力なく首を横に振った。結構本気で落ち込んでいるらしい。

「……だ、だって久しぶりにここに来たんだもん！　いつの間にかお店が変わってるだなんて知らなかったんだよ！」

「わかった、わかったから急に逆ギレしないで」

「うぐぐ……」

結局、少し離れたところにある蕎麦《そば》屋さんで昼食をとることになった。

料理を待つ間、僕らは様々なことを話した。それは今しがた展望室から眺めた景色についてであったり、恋人の聖地についてだったり。

テーブルを囲んで談笑する僕らの姿は、周囲の目には仲の良いグループとして映るのだろう。彼女たち自身もそうだと思っているかもしれない。

きっと僕だけだ。僕だけがこの中で疎外《そがい》感にも似た感覚を覚えている。

タワー自体は楽しかった。それは自信をもって断言できる。一方で、やはり早川さんと時間をともにすることに不安も感じていた。

景色を見る時も、彼女が「次にここに来る時は大切な人ができた時だねー」と口にした時も、僕はずっとそうだった。

このままではいけない。

「次こそはみんなでチョコファウンテンがあるお店に行こう！」

「……そうだね」

今日で最後にしよう。楽しさに満ちた顔で話す彼女の向かいでそう決意した。

彼女からの誘いには金輪際《こんりんざい》応じない。その代わり今日だけは彼女たちと過ごす時間を大切にする。これは罪悪感からくる贖罪《しょくざい》だ、そうしなければとても心の平穏を保てそうになかった。

身近な存在に迫りくる死と向き合うのは、それほどまでに難しいことだった。

「公平くんまた考え事？」

ちょうど考えがまとまったタイミングで察し良く僕の顔を覗き込んできた。

「ああ、ごめん。ちょっとね」

「今日は何を考えてたの？」

「人生について」

「あははっ！　なにそれ！」

僕の返答がお気に召したようで、彼女は心底愉快そうに笑った。

それからは僕も積極的に会話に交ざるようにした。

口数の少ない僕にとって、会話というのは得手不得手《えてふえて》で言えば確実に後者なのだけど、早川さんとの会話は自分でも驚くくらいスムーズだった。

その原因を辿れば、根幹は彼女にあるのだと気付く。

彼女の会話には疑問文が多い。

「公平くんは高いところ平気？」

そう聞かれた僕は「平気だよ」と答える。反応に困りそうな素っ気ない返答をしても、彼女はそこから「ならバンジーも余裕なんだね？」と関連性のあるワードで会話を広げるのだ。

「バンジーはまた別問題かな。高いところが怖いというより、ロープが切れるリスクを考えちゃうから」

「なるほど、公平くんはすぐ考え事するもんね」

彼女は僕が考え事をする性質であることも話題に組み込んでいて、そういった細かなことが彼女との会話を円滑《えんかつ》にさせる要因であると理解した。

狙ってやっているのだとしたらとんだ策士《さくし》だ。けれど彼女の会話にはそういったあざとさは感じられない。

つくづく、彼女はなるべくして人気者になったのだと実感する。こんな僕ですら彼女との会話を楽しいと思えるのだから。

自分は笑顔を前面に出すような人間ではないという、一種の羞恥心《しゅうち》から彼女との会話で笑みをこぼすことは極力避けているけれど、そうでなければ口元を緩めていただろう。

昼食を終えると「次はどうする？」と彼女の言葉を待った。

どこに行くか、何をするかの主導権はいつの間にか彼女に握られていた。というより、最初から彼女が全権を握りしめていた。

「よし、次は門司港《もじこう》レトロに行こう！」

「渋いチョイスだね」

「でしょ？」

彼女は悪戯《いたずら》に笑った。

門司港レトロは福岡県北九州市に位置する観光スポット。ここ下関と門司港はともに県の端に位置しているため距離はそう遠くなく、こちらの港から向こうの港が肉眼《にくがん》で確認できる。

問題は交通手段だ。電車、関門海峡、船、諸々《もろもろ》あるが、僕ももう彼女の性格を把握《はあく》してきた。彼女がどのルートを選択するか予想はつく。

「ちなみに、どうやって行くつもり？」

「もちろん徒歩だよ」

「やっぱりね」

予想通りの返答だった。

そう、海を渡るには徒歩専用の『関門《かんもん》トンネル人道《じんどう》』通称『人道』を使うという手段もある。

トンネルの長さは一キロ弱。まだ暑さの残る時期にこれを往復しなければならないとは。しかしこれといって抵抗する気はない。

今日だけは全面的に彼女に従おう。部活で動き慣れているたかしも、普段から振り回され慣れているだろう佐藤さんも、異論を唱えることはなかった。

とはいえトンネルから福岡県に行くよりも、駅周辺のここから人道トンネルまで向かう方が遥かに長いので、贅沢《ぜいたく》ながらそこだけはタクシーを利用することになった。

人道に到着した僕らはトンネルのある地下までエレベーターで降りた。

「トンネルと言ってもかなり明るいねー！」

「まあ歩行者を想定して造られてるからね」

照明は完備、地面は黄土《おうど》色と明るいため足元に不安は全くないものの、決して開放的な通路というわけでもない。

道幅は狭く、四人で横に並べば簡単に通路を塞《ふさ》げてしまう広さだ。天井も手を伸ばして跳べば届くくらいの高さで、狭いからか声も反響する。そんな通路がひたすら真っ直ぐに延びている。

「私が一番乗り！」

先陣《せんじん》を切ったのは早川さんだった。先日のように競歩まがいの動きで前を往き、時折煽るようにちらちらと僕へ視線を送ってきていた。

僕はそれを挑戦と解釈した。受けて立とう。

張り合って追いかけると、彼女は不敵な笑みを浮かべてさらに歩を速めた。幸いにもトンネルに他の人の姿は見当たらない。心置きなく競うことができる。

「公平くん、ゴールはひとまず県境《けんきょう》にしよう」

「そうしようか」

後ろを歩くふたりを置き去りにし、とくに意味のない競争が始まった。

戦いは互角《ごかく》だった。彼女が僕を追い越せば僕も彼女を追い越し、それを永遠に繰り返す。やがて視界の先に県境が見えてくると僕たちの勝負はますます苛烈《かれつ》さを増していった。

「……中々やるね、公平くん」

ゴールした直後、額の汗を拭《ぬぐ》いながら彼女が笑う。肺《はい》を酷使《こくし》したらしく、咳をしながら必死に深呼吸を繰り返していた。

「君こそ」

勝負は引き分けに終わった。寸分の違いもなく、同時に県境を跨いだのだ。

「んっ！」

何を思ったのか、彼女は突然、こちらに手を差し伸ばしてきた。

「うん？」

「握手！」

「……なんで？」

「知らないの？　アスリートは試合後に握手するんだよ」

知らなかった、僕らがアスリートだったなんて。

「ほら！　早くー」

「わかったよ」

抵抗は無意味だと悟り、言われた通りに手を握ると、火照った彼女の体温が伝わってきた。

その瞬間どうしてか僕は安堵し、遅れてその理由を自覚する。

彼女はまだ生きている。僕はそのことに安堵していた。

手のひらから伝わる温《ぬく》もりが、彼女は生きている、確かにここに存在していると僕に教えてくれた。

「へへ、なんだか手を繋いでるみたいで恥ずかしいね……」

「……君から言ってきたんでしょ」

「ごめんごめん」

僕の気など知りもせず、彼女は照れくさそうに笑う。そんな顔をされたらこっちまで恥ずかしくなってくるじゃないか。

「ところで、だいぶ咳込んでるけど大丈夫？　少し休もうか」

「ん、そうだね。真奈美たちが来るまでちょっとゆっくりしよ」

遥か後方のたかしたちを待ちつつ、一旦休憩を挟むことにした。

「それにしても、意外だなあ」

深く息を整え、汗を拭った彼女が言う。

「何が？」

「公平くんってこういうことあんまりしなそうだったから。まさか私の挑戦を受けてくれるとは思わなかったよ。結構ノリノリだったよね？」

「僕だって人間だからね。美味しいものを食べれば美味しいと感じるし、楽しいことをすれば楽しいと思うよ」

「じゃあ、今のは楽しかったんだ？」

「それなりにね。君が負けて悔しい顔をしてくれればもっと楽しかったに違いない」

「あははっ。いい性格してるなぁ～」

彼女はまた咳き込みながら僕の肩をバシバシと叩いてきた。

荒くなっていた息が収まってくると、タイミングよくたかしと佐藤さんが追いついてきた。

「もう、愛梨たち速すぎだよ」

「ごめんごめん」

「で、公平、勝ったのか？」

「引き分けだったよ」

「何をやっとるんだ！　罰として俺のチクチク頭を刺す」

「勘弁して」

ちっとも勘弁してくれないたかしに襲われている僕を見て、早川さんたちは心底楽しそうに笑う。そうして、僕たちは残り半分の道を再び歩き始めた。

トンネルを出て少し歩くと、いよいよ門司港レトロが見えてきた。

「遠目で見てもお洒落な雰囲気だね～」

「そうだね」

港と付くだけあって門司港レトロは海沿いに位置している。道のすぐ隣は海で、うっかり柵《さく》を乗り越えると転落しかねない。

門司港はその昔、国際貿易の場として繁盛《はんじょう》していたらしく、今も当時の雰囲気を色濃く残している。

建造物は大正時代の洋風建築を彷彿《ほうふつ》とさせる赤レンガの外壁で、聞く話によると、このあたりのどこかで人力車《じんりき》にも乗れるのだとか。

まるでタイムスリップしたような光景——、それが門司港レトロの特長だ。京都にある映画村の大正時代版とでも言えばいいだろうか。近場に現代風のコーヒーショップがあるくらいなので、映画村ほど厳密に作り込まれてはいないけど。

それでも、雰囲気を楽しむには申し分ない場所であることは確かだ。

僕たちは早速門司港レトロ内の建物やお店を見て回った。非日常感を味わえる空間は特別な気分がして居心地が良く、僕らは手当たり次第にその風景を写真に収めていた。

潮風にあたりながら歩き回っていると、ふと焼きカレーなる看板が目に入った。

ついさっき軽い運動をしたばかりで小腹も空いている。何より、店内から漂ってくる香りが強烈に食欲をそそる。

隣を歩く彼女と目が合った。早川さんも同じことを考えていたらしい。

「公平くん」

「そうだね。食べようか」

「さっすが！」

僕らは吸い込まれるように店の扉を開けた。

名物である焼きカレーはすぐに運ばれてきた。カレーライスの上にチーズをちりばめ、それをオーブンで焼き上げているそうだ。

口に運ぶと、溶けたチーズのまろやかさと香ばしいカレーの風味が絶妙に混ざり合い、香りに焦らされていた味覚を大いに喜ばせてくれた。

食事を終えると僕らはまたぶらぶらと歩き始める。観光客に頼まれて写真を撮ってあげたり、土産店を見てまわった。

そうしているうちに日が傾き始め、そろそろ帰ろうかという話になった。

「あー楽しかったぁ〜！」

赤く染まる下関の空を見上げ、一歩前を歩く彼女が体を伸ばした。

「満足そうで何よりだよ」

それから、早川さんは思い出したように「あ、そうだ」と振り向いた。

「ちょっと洋服屋さんに寄ってもいいかな？　せっかくだから修学旅行で着る服選ぼうよ！」

「別にいいけど、僕は何も買わないと思うよ」

「興味がないから？」

うん、と頷いた。お洒落に対する意識の低さは服装を見ただけでわかるようで、説明するまでもなく僕の無頓着さを汲み取ってくれた。

「もったいないよそれ！　公平くん肌綺麗だし顔のパーツも整ってるんだからお洒落に気を遣うべき！」

「いや、褒《ほ》めてくれるのは嬉しいんだけどさ、今までお洒落なんてしたことがないからどうにも抵抗があるんだ。何を着ればいいのかもわからないし」

「じゃあ私が公平くんに似合うのを選んであげるよ！」

「あ、いいねそれ。名案だよ愛梨」

「よくわからんけど俺もいいと思う」

「……君たちのその、謎の連携力は何なの」

どうしたことか、急遽《きゅうきょ》、三人が僕に似合う服を見繕《みつくろ》う流れになった。

「磨けば光りそうな石があったら磨きたくなるのが職人というものですよ公平くん」

「大げさだね」

アスリートになったり職人になったり、忙しい人だ。

「そんなことないよ。いいから行こっ。ほら、返事はー？」

「わかったよ、君がそこまで言うなら異論はない」

それから下関駅横のショッピングモールで手頃な洋服屋を見つけると、僕の着せ替え会が始まった。

ただでさえ衣服に関心がなく、かつ受動的な僕は渡された服をただ試着し続けるだけの人形と化していた。いっそマネキンと入れ替わっても誰も気付かないかもしれない。

「修学旅行は秋くらいだから長袖の方がいいかな？　公平くんは暑がりさん？」

「どちらかと言えば寒がりだよ」

「なら長袖でいいね！　試しにこの白のパーカー着てみて。あとは小物があると映えるかも。ブレスレットとか首飾りとか！」

「ごめん、アクセサリーはどこかチャラついた印象を受けるから少し気が引ける」

「そう？　あーでも、今までお洒落してこなかった人がいきなり付けるのは確かにハードル高いかもね。筋トレ初心者がいきなり一トンの重りを持ち上げるようなものだもん」

いや、初心者じゃなくても一トンは無理だよ。なんてツッコミを入れると話が脱線しそうなのであえて触れないでおく。

「とりあえず今日は服だけ選ぼっか！　公平くんはもとがいいから服を変えるだけで

も印象変わるよ」

「やっぱり君は大げさだよ」

「ぜんっぜん大げさじゃないよ。私は本心から言ってる」

笑みを湛えながらも彼女の目は真剣そのものだった。

いつもそうだ。彼女は馬鹿な冗談は口にしても、人を貶《おとし》める嘘は絶対につかない。

「わかった、じゃあこれを買うから僕のリュックから財布取ってもらえる？」

「うん！」

試着に際して荷物を預かってくれていた早川さんが代わりにリュックを開けた。

「それと、ありがとう」

「え？」

佐藤さんとたかしが周りにいないことを確認してそう告げると、彼女の手が止まる。

「いや、なんというか……」

ありがとうという言葉がここまで照れくさいものだとは思わず、口にしたのはいいものの言葉を詰まらせてしまった。彼女はそんな僕を急《せ》かさず、思考がまとまるまで待ってくれていた。

「知っていると思うけど、僕は無気力な人間なんだ。普段外に出かけることもないし、お洒落も全くしない。だから、今日は新鮮なことばかりで楽しかった。ありがとう」

あの予知さえなければ、このままずっと彼女と仲良くできるというのに。

しどろもどろになりながらも言い切った僕の言葉を受けて、彼女は目を丸くした。

「き、急にそういうことを言われると……さすがの私も照れるというか……」

彼女の顔が紅潮《こうちょう》していくのがわかった。

普段溌剌《はつらつ》としている彼女がたじろぐという異常事態を前に、僕はなんて恥ずかしいことを口走ってしまったのだろうと遅れて自覚した。

「あ、いや今のは忘れてほしい……」

何故だか頬が熱くなってきた。

「え、えっと、お財布だよね！　ちょっと待ってね！」

話をそらそうと彼女はあらためてリュックを開く。

この時になってようやく、僕は決定的なミスを犯していたと悟る。

どうしてよりにもよって彼女に荷物を預けてしまったのだろうか。彼女がリュックを開けた瞬間目に入ったそれを見て、心臓がどくんと嫌な音を立てた。

恥ずかしさのあまり思考が回っていなかったのだ。

そう、あの中には、決して人に見られてはいけないものがある。

「あ、公平くんってノート持ち歩いてるんだね。何が書いてあるのかな～」

そう言って彼女は財布ではなく、予知ノートを取り出してしまった。

まずい。他の誰かならばともかく、彼女に見られることだけは絶対にあってはならない。

慌てて取り上げようとするも、好奇心旺盛《おうせい》な彼女がすんなりとそれを許すはずもなく、予知ノートを開いてしまった。

そして彼女は、見てしまった。

【早川愛梨が死亡する】

決して見てはならない、その一文を。

第四章

とんでもない事態になった。

二班のみんなで遊びに行った夜、僕はベッドの上で天井を眺めていた。

【早川愛梨が死亡する】

その一文を本人に見られてしまったのは失態以外の何物でもない。

僕が焦っていたのを悟ったのか、彼女はあの場でノートの記述に触れてくることはなかった。それが余計に恐ろしかった。

おそらくは妄想《もうそう》を書き連ねた痛々しいノートか何かだと思っているのだろう。常識的に考えて、あれが未来の内容であるなどと思う人間はいない。

彼女が死ぬ、彼女が僕に告白する、どれも傍《はた》から見れば妄想もいいところだ。

実際に僕のことを痛々しい変人だと思ってくれていればまだ救いはある。懸念《けねん》すべきは、万が一にも彼女があれを未来の内容だと解釈してしまった場合だ。普通に考えればありえないが、彼女は良くも悪くも普通とは程遠い人間だ。

頭を悩ませている僕のもとに一件の着信が来た。画面には【早川愛梨】と表示されている。

見計らったかのようなタイミングに鳥肌《とりはだ》が立ちそうになる。

応答ボタンを押そうとするも、直前で躊躇《ちゅうちょ》した。

彼女とどう話せばいいのかがわからなかった。「あのノート、何?」なんて訊かれたら答えられる自信がない。

かと言ってこの電話を無視するのもそれはそれで居心地が悪い。

彼女が電話をかけてきたのは十中八九、ノートの件についてだろう。普段彼女が僕に電話をかけてくることはない。連絡先を交換する際、電話は苦手だから特別な用事がある時以外は避けてほしいと予《あらかじ》めお願いしていたからだ。

つまり今は特別な用事ということになる。

幾ばくか迷ったのち、意を決して応答ボタンを押した。

「……もしもし」

『あ、公平くん？』

「うん」

電話口から聞こえる彼女の声は、いつもと何ら変わりないものだった。

『突然なんだけどね、明日うちにおいでよ』

「え？」

思わず聞き返した。きっと間抜けな声色だったと思う。

『もう一回言うね、明日うちにおいでよ』

「なんでまたそんなことを」

『またまた、わかってるくせにー。例のノート、忘れずに持ってきてね』

「あぁ、そういうこと。……どうしても行かなきゃダメかな」

『ダメだね。私が死ぬとか、私が告白するとか、色々と好き勝手に書いておきながら逃げるなんて許さないよ！』

何も言い返せなかった。彼女の言い分は百人が聞けば百人が納得するほど筋《すじ》が通っている。

彼女はいつもみたく、『ほら、返事は―？』と催促《さいそく》してくる。

「……わかったよ」

こうなった時、僕はいつもこう返すことにしている。というより、そう返さざるを得なくなる。

彼女はずるい。僕が断れないと知っている時に限って、そういった催促をしてくるのだ。はっきりと僕の口から同意の言葉を引き出そうとしてくる。

『うん、よろしい！ それじゃあ明日も下関駅に来てね！ 迎えにいくから！』

そう言って彼女は電話を切った。

これでいよいよ逃げられなくなってしまった。

……果たしてどうすべきか。

素直にあれが予知であると彼女に説明するのは気が引ける。

あの明るい彼女が、自分が死ぬ未来を知ることが僕は恐ろしい。

だけど「これは全部僕の妄想です」なんて言ったところで、それも地獄《じごく》だ。クラスの人気者が冴《さ》えない自分を好きになって、挙句死ぬ妄想をしている人間となれば、さすがの彼女も引いてしまうだろう。

はあ、と重たいため息が出た。


翌日、下関駅で合流してから彼女の家を訪れた。

「入って入って」

「お邪魔します」

玄関で小さく挨拶すると、廊下奥の部屋の扉が開いた。中から出てきたのは早川さんがそのまま大人になったような、母親と思わしき整った顔立ちの女性だった。

「いらっしゃい！　あなたが愛梨の彼氏くんね」

「えっ」

咄嗟《とっさ》に隣の彼女を見ると、愉快そうに口の端を歪《ゆが》めていた。

「あの、すいません。それは彼女の冗談です。僕たちは恋人同士ではありません」

「もちろん知ってるわ！　ごめんなさい、ちょっとからかっちゃった」

……なるほど。この親にしてこの子ありということか。

もっとも、僕が緊張しないようユニークに接してくれていることは、娘である早川さんとの関わりの中で理解できることだった。

僕はもう一度「お邪魔します」と頭を下げて玄関に上がり込んだ。

通されたのは彼女の部屋で、女の子らしいピンクのカーテンやぬいぐるみだらけのベッドがあり、勉強机には佐藤さんとのプリクラが大量に貼られている。

彼女は部屋の隅に積まれていたこれまた可愛らしいピンクの座布団を一枚手に取ると、手裏剣《しゅりけん》のように勢いよく投げつけてきた。

「ナイスキャッチ！　適当なところに座って！」

「せっかく女の子らしい部屋なのに、その部屋の主がこれかあ」

「何か言いましたか？」

「いいえ、何も」

これから話すことへの不安感を悟られまいと軽口を叩いてから、ローテーブル前に腰を落ち着けた。

「あ、そうだ。ちょっと待っててね」

彼女は思い出したかのようにパタパタと足音を立てて部屋を出ていった。しばらくして、今度は静かな足音が部屋に近付いてくる。

「公平くん、ちょっと手が空いてないから代わりにドア開けてもらってもいいかな？」

「うん」

ドアを開けると、トレーにお茶とお菓子を載せた彼女の姿があった。

「ふっふっふ、いい匂いがするでしょ。このクッキー私の手作りなんだよ」

テーブルにカップを並べると、様々な動物の形を模《も》したクッキーを食べるよう促してきた。

作り立てなのか、口に運ぶとほんのりと温かく、かつクッキー特有のサクサク感、そして甘すぎない程度のしっかりとした甘味が口の中に広がった。

「……美味しい」

「でしょ？　良かった！」

感想を聞いた彼女が満足そうに向かいに座った。そういえば以前、パティシエを目指していると話していた記憶がある。プロを目指すだけあってお店にも負けない味だ。

そんな彼女に、これから夢を砕《くだ》く話をすることになるかもしれない。

正直に予知だと語るか、あるいは誤魔化すか。答えは出ていないし、彼女は悩む僕を待ってくれる様子もない。

「それじゃ、早速だけどノート見せて」

「……うん」

迷いながらも、予知ノートを手渡す他なかった。

彼女は最初のページから隈《くま》なく目を通していく。その間、僕は緊張にも似た居心地の悪い感覚を味わっていた。

「ふむふむ、晩ご飯がハンバーグになった。山田省吾が授業中にあくびをして先生に怒られた。クラスメイトたちは笑っていた。……なるほど」

彼女は一文ずつノートを読み上げていく。そして、

「――早川愛梨が死亡する」

最も肝心《かんじん》な部分を口に出した。

「……これは、妄想日記？」

彼女を思うなら道化《どうけ》になるつもりで「そうだよ」と答えるべきかもしれない。そうすれば彼女は自分が死ぬ未来を知らずに済む。

しかし彼女は僕の返答よりも先に、笑いながら言葉を続けた。

「なんてね、冗談。ここに書かれてるのってさ、全部未来のことだよね？」

「――え」

予想外の問いかけに返す言葉を失った。

否定すればいいのか肯定すればいいのかすらわからず、何かを言おうと口を開いても言葉が見つからなかった。

そんな僕の様子を見た彼女は悪戯な笑みを浮かべながら「隙あり！」と口にクッキーを放り込んでくる。

……わからない。全く理解が追いつかない。

これが未来の出来事だと気付いたのなら、どうして笑っていられるのだろうか。

そもそも日付すら記されていないこのノートを見て、何故〝未来〟だと推測できるのだろうか。

「……なんで、これが未来の出来事だと思うの？」

一度に湧いた疑問を消化しきれず、とりあえずの質問として口を開く。

「え？　だって私が死ぬって書いてあるし」

混乱する僕とは対照的に、彼女は信じられないほどあっさりとしていた。

「……待って」

心臓が、大きく脈打った。

「君は、知ってるの？」

「何を？」

「何をって、その、君が将来……」

「ああ、うん。知ってるよ」

彼女はさも当然のように、まるで昨日見たドラマの内容を話すようにさらっと、ひと言だけ口にする。

「私ね、心臓の病気なんだー」

理解が追いつく間もなく、彼女は淡々と病状を語り始めた。

「一年くらい前かな？　なんとなく息が苦しいと思って病院で検査したら病気が発覚してね。放っておいたら血液循環《じゅんかん》が上手くできなくなって、体に酸素は回らないし肺に水が溜まるしで大変なことになるらしいよ。それのせいで咳が出たり呼吸困難《こんなん》になったりね。今は利尿剤《りにょうざい》を飲んで肺の水を排出《はいしゅつ》してるけど、いずれは効かなくなって……って感じかなぁ」

「なっ……」

「……薬が効かなくなったら、どうなるの？」

「あはは、それこそこのノートに書いてあるでしょ？」

彼女は笑いながらノートをぽんぽんと手で叩き、

「死ぬよ、私は」

そう言い放った。

「びっくりだよね。発覚した時にはもう手遅れって言われてさ、延命《えんめい》はできても治らないんだってさ。もう今年いっぱいを生きられるかどうからしいよ。しかもお医者さんが酷くてね、パティシエになりたいって話をしたら諦めてくださいって言われちゃったよ。家に帰った後『デリカシーなさすぎ！』ってママと一緒に怒ったもん」

……僕は何も言えなかった。何を言ったらいいのか、わからなかった。

言葉の重みとは裏腹に、それらを語る彼女の口調があまりにも深刻さに欠けていて、その落差で余計に頭が混乱していた。

「そんなこんなで、このノートがただの妄想じゃなくて、これから起こることを書いているんだって、私にはわかるよ」

彼女は「凄いね、予知なんて本当にあるんだね」と、呑気《のんき》に笑った。

どうして、他人事のように笑えるのだろうか。

もしかしたら彼女は自暴自棄《じぼうじき》になっているのかもしれない。

避けられない自分の未来を知った人間がどうなるかは、僕自身が嫌というほどわかっている。

僕は決して小説家にはなれない。だから僕は全てを諦めて受け入れた。

彼女はもう長くは生きられない。だから彼女は諦めて死を受け入れた。

きっとそうなのだろうと、彼女の心境を勝手に推察した。

けれど続く彼女の言葉を聞いて、その推察が的外《まとはず》れであるのだと思い知らされた。

「変な話しちゃってごめんね。でも私は今幸せだよ。だからそんな重い顔しないで！」

彼女はいつも通り明るく笑った。

それは諦めて死を受け入れている人間にできるような表情ではなかった。

「……怖くないの？」

気が付けば、僕は疑問を口にしていた。

「僕はこの予知を見た時、正直戸惑った。身近にいる人が死ぬことに恐怖を感じた。僕でさえそうなのに、どうして当の本人である君はそんなに堂々としていられるの？」

「そりゃあ私だって最初は絶望したよ。だけど色々あってね、今はいつ向こうに行ってもいいように、後悔のないように胸を張って生きようと思ってるの」

そう語る彼女の表情に、やはり曇りはなかった。

彼女はいつだって堂々としている。自分が死ぬと知っているにもかかわらず、胸を張って今を全力で楽しもうとしている。

「……君は強いんだね」

心からの称賛だった。

全てを諦めた僕とはまるで違う。頻繁《ひんぱん》に話すようになってからまだ日が浅いというのに、彼女には感服させられてばかりだ。

そして、そんな彼女を見ていると、卑屈《ひくつ》な自分が惨めになってくる。

「せっかくだからさ、私も訊いていいかな？」

「うん、何？」

「公平くんは、どうして無気力になっちゃったの？」

「……ああ、そうだね、答えるよ。今さら隠すようなことでもないしね」

予知ノートの最初のページをめくるよう促した。

そこには、その現実を認めたくないと言わんばかりの、捻《ね》じれた汚い文字でこう書かれている。

【僕は小説家にはなれない】

「それが答えだよ」

あの日夢に見たのは、およそ三十歳前後の自分が「これが人生最後のチャンス」として応募した賞の結果を見る、まさにその瞬間。

受賞者一覧のページに僕の名前はなく、無言で画面を閉じる自分の姿だけが鮮明に見えた。

「僕は寝ている間に未来が見えることがあるんだ。頻度も内容もバラバラで、大抵はその日の晩ご飯とか、そういったどうでもいい内容なんだけど、たまに僕にとっても重要な夢を見るんだ」

「……そっか、それがこの予知なんだ」

「うん。僕の経験上、予知した未来は絶対に変えられない。どんなに小さな予知であっても絶対に。でも僕は抗おうとしたんだ」

小説家になれないなんて、認めたくなかった。

だから未来は変えられると証明するために、どんな些細な予知にも抗ってみせた。

もし未来を変えることができれば、きっと小説家になれないという未来も変えられる。

ある日、晩ご飯がハンバーグになる予知夢を見た。当然、全力でそれを回避しようとした。またある日には転んで怪我をする未来が見えた。もちろん転ばないよう細心の注意を払った。

他にも、ありとあらゆる予知に逆らい続けた。

けれど一度として未来が覆《くつがえ》ることはなかった。どれだけもがいても絶対に予知した通りの現実がやってくる。

足掻けば足掻くほど、僕は未来を変えられることではなく、未来は決して変わらないことを証明してしまった。

時を同じくして、たまたまつけたテレビに若くしてデビューした高校生作家が出演していた。楽しそうに語る彼を見て、心の奥に暗い感情が湧き上がった。

どれだけ努力を重ねても小説家になれない僕と、いとも容易くデビューした彼。

それは才能の差でも、努力の差でもない。いわば運命の差。

成功する人間とそうでない人間は、最初から決まっているのだと、僕はその瞬間に理解した。そして理解した途端、全てがどうでもよくなった。

努力が馬鹿馬鹿しくなったのだ。

だから僕は予知ノートを書くことにした。これから起こる未来を文字に起こして、それを客観的に見て受け入れれば何も考えなくて済む。苦しまなくて済む。

ノートに書かれている内容に従って生きていれば心は平穏だったのだ。彼女の未来を知るまでは。

「それで公平くんはいつも全てがどうでも良さそうな顔をしてたんだね」

「その通りだけど、なんだか失礼な言い方だね」

「あはは、ごめんごめん。じゃあ私を避けようとしていたのも予知が原因？」

「気付いてたんだ」

「当たり前でしょうが！　私はそこまで鈍感《どんかん》じゃないよ」

避けられていると知っていてなおグイグイと迫ってくるのは、それはそれで何かが鈍《にぶ》いような気がするけれど、黙っておこう。

代わりに、僕は正直な気持ちを吐露《とろ》することにした。

「僕は君との関わり方がわからなかったんだ。万が一、何かとてつもない偶然や奇跡が起きて君と仲良くなってしまったら、君が死んだ時、僕は耐えられないだろうから」

「ぷっ」

それを聞いた彼女は、それはもう愉快そうに息を漏らした。

「……なに？」

「いや、ごめんね、ちょっと嬉しくって。そっか、そんな風に思ってくれていたんだね。私てっきり公平くんに嫌われているかと思っていたからさ」

彼女は笑った。彼女ほどではないにせよ、こちらもそれなりに重い話をした気まずさがあるから、笑い飛ばしてくれるのはありがたかった。

「いっそ嫌いになれれば楽だったんだけどね」

困ったことに、彼女と関わるにつれて魅力を感じてしまう自分がいた。

彼女と過ごす時間は新鮮で刺激的で、屈託のない笑顔を見るたびに今まで感じたこともない奇妙な感覚が胸を支配する。

「確かに公平くんからしたら不安になるよね。これから死んじゃうってわかってる人が執拗《しつよう》に話しかけてくるんだもん」

「そりゃあもう、朝君に挨拶されるだけで色々と悩むくらいには」

「いやぁ、ごめんねー！」

全く悪いと思っていなそうな顔で謝る彼女を前に、ふと疑問に思った。

「ところで、君の周りの人は病気のことを知っているの？」

僕は彼女の死を知っていたからこそ悩んだけれど、僕が見る限り、彼女の周囲にいる人にそんな様子はない。

「んー、家族はもちろん知ってるよ。あとは学校の先生とかも」

「佐藤さんたちは？」

「それはまだ言ってないよ。友達に話すのは公平くんが初めて」

やっぱりそうだったんだ。

どうして誰にも打ち明けないのだろう。そんな疑問を抱くよりも先に、彼女の方からおおよその事情を説明してくれた。

「公平くんは私が死ぬって知ってから私との付き合い方を考えたでしょ？　もしクラスの子たちに病気を打ち明けたら、それと同じことが起きちゃうかもしれないからさ」

「そっか、変に避けられちゃうかもしれないね」

「あ、ううんそこは別にいいの。いや、良くはないけどさ。一番はそこじゃないの。これは私のわがままなんだけどね」

彼女は一呼吸の間を置いて続ける。

「私は、周りの人たちにも胸を張って生きてほしいの。でも私が死ぬってわかったらみんな悩んだり落ち込んだりするかもしれないでしょ？　だからできるだけ言いたくないの」

「……言い分はわかるけど、何も知らされないまま君が死んじゃったら、みんな後悔するんじゃないかな」

「だろうね。だからみんなが後悔しないようにいつも全力でみんなと話すようにしてるの。もっと愛梨とたくさん話しておけばよかったーってならないようにね」

それに、と彼女はさらに言葉を続ける。

「私がいなくなってもみんなが前を向いて生きられるように色々考えてるからね」

「色々って？」

「ん、それは内緒」

普段訊いてもいないことを語ってくる彼女にしては珍しく、人差し指を口元にあてて押し黙るジェスチャーを見せてきた。

「まあ君がそう言うなら無理には訊かないよ」

「ごめんね。それと、もう一つ謝らなきゃいけないことがあるんだ」

「うん？」

「えっとね……その、うーんと……」

謝るということは、少なくとも僕を不快にさせかねないような何かなのだろう。彼女は視線をさ迷わせたり、唐突にクッキーをいくつも口に放り込んだりとわかりやすく困っていた。

「怒らないから言ってみて」

「それ怒る人がよく言うやつ……！」

「大丈夫だよ。お互いここまで打ち明けたんだから、今さら何を言われても驚かない」

「そっか、それもそうだよね。じゃあ……」

彼女はおもむろに立ち上がると、机の引き出しから一冊のノートを取り出した。

「ほら、これ」

差し出されたそれを見て、目を疑った。

「実は私、公平くんが過去に小説を書いていたこと、知ってたんだ」

それは一年前、作家を諦めた僕が学校のごみ箱に捨てたノートだった。中にはもう思い出したくもない黒歴史とも言える小説が綴られている。

「……読んだの？」

「もちろん！」

なんてことだ、最悪だ。最悪すぎて最悪以外の言葉が見つからない。自分の裸《はだか》の写真が世界中に拡散されるよりもずっと恥ずかしい。怒らないとは言ったけど、羞恥心で頭がどうにかなりそうだ。

そもそも当時違うクラスだった彼女がこのノートを持っている理由がわからない。

「……君って、もしかして僕のストーカーだったりする？」

「いやだなぁ、変な妄想しないでよ！　さすがは妄想ノートの持ち主だね」

「妄想じゃなくて予知だから」

「はーい、すいませーん」

彼女はわざとらしく言って、それから少しばかり真面目な顔つきになった。

「公平くんはさ、一年前に私たちがちょこっとだけ話したことがあるの、覚えてる?」

「覚えてるよ。会話の内容は忘れたけどね」

意外だ、彼女が僕と話していたことを覚えていたなんて。

「その時から公平くんと仲良くなりたいと思ってたんだ。で、その何週間か後に公平くんが鬼気《きき》迫る表情でこのノートを捨てるところを目撃しちゃってね」

「それで気になってごみ箱の中から回収した、と」

「うん、公平くんのことを知れるチャンスかなって」

彼女は照れくさそうに笑った。

「だからごめんね。前に本屋さんで『小説を書いたことはある?』って訊いたのも、本当は知ってて訊いたんだ」

「どうしてそんな回りくどいことを」

「だって二年で同じクラスになれたと思ったら、公平くんが無気力人間になってたんだもん。初めて私と話した時の公平くんはもう少し元気だったよ? だから気になって色々詮索《せんさく》してたの」

ああ、と合点《がてん》がいった。それで彼女は執拗に話しかけてくるようになったのか。

一年前に話をしたことがあるという理由で仲良くなろうとするなんて、さすがと言わざるを得ない。彼女はいつもそうやって友人を増やしてきたのだろう。

「まさか公平くんにこんな特別な事情があったなんてねー……。やっと納得した」

「僕も君が病気だなんて思いもしなかったよ。いつも元気そうだし」

「でもたまに咳込んでたでしょ？　血圧《けつあつ》の関係で朝起きるのもきつくて、そのせいでよく遅刻もしちゃうし」

「……そうだったんだ。今は大丈夫なの？」

「最近は比較的落ち着いているかな。でも、もういつ悪化してもおかしくない状態になってる。それよりもさ」

まるで自分のことはどうでもいいと言わんばかりに、彼女は僕の目だけを見つめる。

「公平くんはもう、小説を書かないの？」

「書かないよ」

一切の迷いなく即答した。優柔不断な僕でもこれだけは断言できる。

「そっかぁ、もったいないなあ……」

「さっきの話を聞いてどこにもったいないと思う要素があったの？　僕はどう足掻いても報われないんだよ？」

うーん、と彼女は喉《のど》を唸《うな》らせる。

「公平くんの言いたいことはわかるよ。でも、たとえ作家になれなかったとしても私は小説を書き続けてほしいと思ってる」

彼女は僕が捨てたノートを一ページずつめくった。

月日の経過とともに劣化《れっか》したのか、あるいは彼女が何度もそれを読んだからなのか、久しぶりに見たノートは僕が記憶しているよりもずっとボロボロだった。

「私はこの小説、すっごく面白いと思うよ」

「お世辞？」

「ううん、本心だよ。証明してみせようか？」

「どうやって」

「見てて」

彼女はノートを閉じて目を瞑ると、中に書かれている文章を暗唱《あんしょう》し始めた。

覚えるほど読み込んだのだと言いたいのだろう。彼女の意図を察すると同時に、僅か三行分を読み上げただけの彼女を制止した。「わかった、信じるからもうやめて」と。

決して報われない作品を知らぬ間に読まれていたことも、それを声に出して読み上げられることも苦痛だった。

彼女が本心から僕の小説を気に入ってくれているのは伝わった。それでも、どうしても喜ぶことはできなかった。

「……そんなに嫌なの？」

「嫌だね」

一年が経った今となっては細部の記憶が曖昧《あいまい》だけど、彼女のように重い病を患った少女が死ぬまでの間に恋をするような、よくある物語だったことは記憶に残っている。最後の最後で、ヒロインの少女が隠していた想いを隠しきれず「君が好き」と告げる場面で筆は止まっている。思い出したくもない駄作《ださく》だ。

「もう。公平くんはもっと胸を張って生きるべきだよ」

「僕は君みたいに強くないんだ。卑屈なのは自分でもわかってる」

この世界には、わかっていてもどうしようもないことがいくつもある。

彼女の死も、僕の未来も、わかっていても変えられない。だから僕の気持ちもそう簡単には変わらない。

「……まぁそうだよね、事情が事情だもん。仕方ないよね」

心なしか、彼女が一瞬だけ切なそうに目を細めた気がした。けれどそれは気のせいだったのか、すぐにいつものような笑顔を僕に向けてきた。

「よし！　それじゃあそろそろ行きますか！」

「え、どこに？」

「どこにって、デートだよ、デート。今日はそういう約束でしょ？」

おかしいな、そんな約束をした覚えはないんだけど。

それに、僕が彼女と遊ぶのは昨日が最後、そう決めている。今日呼び出しに応じたのも断じて遊ぶためではない。

「あ、公平くん、また私のこと避けようとしてるでしょ」

「よくわかったね」

正直に白状した。

夢を叶《かな》えられない僕と長くは生きられない彼女。形は違えど僕たちが抱えている問題は報われないという点で共通している。いわば似た者同士、この期に及んで隠し事をする必要はないように思えた。

「僕は君とこれ以上仲良くなりたくないんだよ」

「私はもっともっと公平くんと仲良くなりたい」

似た者同士であるはずの僕たちの意見は正反対だった。

「公平くんが私を避けるのは、もし今よりも仲良くなったら私が死んだ時にもっと悲しくなっちゃうから？」

「うん。恥ずかしいけどそういうことだよ。もう手遅れな感じはするけどね」

僕はもう、彼女をただの他人、ただのクラスメイトとは思えなくなってしまった。

彼女が死ぬ未来を想像するだけで、病気を患っているのは僕なのではないかというくらい胸が締め付けられる。

これ以上彼女の魅力を認めてしまったら、本当に立ち直れなくなってしまう。

僕が今抱えている不安を、彼女にも想像してほしい。

「あのさ、もし自分の家族や大切な友人がいなくなったら君ならどうする？」

訊ねると、どうしてか彼女は一瞬だけ硬直した。それから「逆に訊くけど、公平くんはどうするの？」と訊き返してきた。

「僕は立ち直れないと思う」

「……普通だね」

「だから困ってるんだよ」

言いながらクッキーを口に運ぶと、ふいに見えた彼女の表情が曇っていることに気付く。

「……公平くん、やっぱり、あの頃とは違うんだね」

「あの頃？」

「ううん、いいの。気にしないで」

彼女が何を言っているのか、どうしてそのような顔をするのか想像もつかなかった。

ただ、一つだけ確信があった。

彼女はまだ何かを隠している。

奇妙《きみょう》な感覚だった。

彼女が隠しているものの答えを僕も持っているような気がした。しかし核心《かくしん》に迫ることはできず、すぐ近くに答えがあるのにそれが何かわからないというもどかしさだけが胸の中にある。

この感覚は一体何なのだろう。

「それと、大切な友人がいなくなったらって質問の答えだけどね」

彼女の声で僕の思考は掻き消された。彼女は小さく息を吸うと、曇っていた表情を晴らし、春の陽射しのように温かく笑ってみせた。

「私はそれでも、胸を張って生きるよ」

「……そうだろうね。君ならそう言うと思ってたよ」

やはり奇妙だ。何かを、何かとても大切なことを忘れているような気がする。なのにどうしてもそれを思い出すことができない。

「私はね、公平くんにも同じように生きてほしいの。私がいなくなって傷ついたとしても、最後には胸を張っていてほしい」

胸を張って生きる、それが彼女の座右《ざゆう》の銘《めい》なのだろうか。彼女の口からはたびたびその言葉が飛び出してくる。

前を向く彼女をあらためて尊敬しながらも、僕はやはり卑屈だった。

「難しいよ。大抵の人は君と違って強くは生きられないんだ。強くあろうと思うだけで強くなれるのならみんな今頃胸を張って生きているだろうし、変わろうと思って変われるのならみんな変わっているよ」

そう、簡単に変われるのなら誰も苦労はしない。

勉強をすればいい大学に入れる。体を鍛《きた》えれば筋肉がつく。食事管理を行えば健康になれる。

そんなことは誰もが知っている。でもそれを実行できる人間はごく一部のみだ。街を見まわしても筋骨隆々《きんこつりゅうりゅう》な人は少ないし、健康とは程遠いファストフード店には多くの人が集まっている。

人間は心の弱い生き物だ。彼女の要望は僕には荷が重すぎる。

「じゃあさ、公平くんはどうやったら自分が胸を張って生きられると思う？　私がいなくなっても立ち直れるくらいに」

どこまでも卑屈な僕に、彼女はどこまでも期待の眼差しを向けてくる。

「立ち直れるかはわからないけど、夢を叶えれば……小説家になれれば今よりも少しはマシに生きられる……とは思うよ」

そして、それが不可能な夢だということも知っている。知っているからこそ僕は無気力なのだ。

「つまり、もしも未来を変えられるとしたら、公平くんはまた小説を書いてくれるってことだよね?」

「うん。といっても、未来が変えられないのはもう証明されてるけどね」

「ふっふっふ」

彼女は僕の「うん」という部分だけを聞いていたのか、「よし!」と勢いよく立ち上がった。

「なら私が未来を変えられるって証明してあげるよ!」

その勢いに気圧《けお》される僕に、彼女は予知ノートのある記述を見せてくる。

【早川愛梨が、僕に好きだと告げる】

「いい? 今後、私たちはもっと仲良くなります。もしかしたら私は公平くんのことが好きになるかもしれない。でも約束する。私はこれからどんなことがあっても絶対に告白はしない。この予知に抗ってみせる」

「要するに、もし未来を変えられたら僕にまた小説を書けと?」

「そういうこと!」

いかにも彼女が言いそうなことだった。

前提も何もかもすっ飛ばしている出鱈目《でたらめ》な理屈。だけど彼女らしいその言葉を否定する気にはなれなかった。否定したくなかった。

僕よりもずっと重い未来を抱えている彼女がこんなにも僕を思って言ってくれてい

るのだ。僕だってそれに応えなくてはいけない。

「ほーら、返事はー？」

「……わかったよ」

「よっしゃ！」

もちろん、簡単にできるとは思っていない。承諾したのも彼女の言い分に納得したからというよりは、その生き様に感銘を受けたからだ。

いや、あるいは、僕は心のどこかで期待しているのかもしれない。

死を前にしても強く自分を保っている彼女の強い意志の力なら未来を変えられるのではないかと。

そうしたら、彼女が死ぬという未来も、もしかしたら。

「いい？　これからは私を避けるのも禁止だからね！　私と仲良くなるのが怖いっていう気持ちはわかるよ。でも公平くんも私の気持ちをわかってほしい。私はもっと公平くんと仲良くなりたいし、そのうえで胸を張って生きてほしいの」

「……うん、わかったよ」

依然《いぜん》として抵抗はある。あくまでも僕は卑屈で、あくまで彼女に感銘を受けただけ。僕自身が変わったわけではない。

それでも、僕は彼女を信じてみることにする。

「よし、じゃあ出かけるよ！　はい、返事は！」

いつものように返事を催促する彼女に、僕もまた、いつものように応えた。

彼女とともに訪れたのは下関駅からそれなりに歩いた場所にある水族館だった。

正式名称を『海響館《かいきょうかん》』といい、門司港同様、海沿いに造られているため施設の真横は海となっている。

最後に来たのは小学生の時だったろうか。内装はあの時とあまり変わっていない。

館内は全体的にうす暗く、やや涼しげで居心地がいい。

「それで、ここに来た目的は？」

「ただ遊びにきただけだよ。残された時間を楽しむために色んなところに行きたいの。

今でこそ言えることだけどね」

「だからタワーに行ったりトンネルを通ったりしてたんだ」

「うん！」

「……そっか」

──残された時間。

彼女は今、そう口にした。未来を変えると言っておきながら、彼女の言葉の前提には自身の死がある。

未来を変えると言うなら、そこも含めて変えると言ってほしい。

だけどこれ以上重い話をするのはこの場に似つかわしくない。彼女が楽しみたいと言うならそれに応えるべきだし、応えたいと思っている。

二階に続く真っ暗なエスカレーターを上りつつ、そんなことを考える。

左右の壁面には蛍光《けいこう》色で様々な魚のシルエットが映し出され、暗さも相まって水族館版のプラネタリウムといった光景が広がっていた。

「すっごく綺麗だけどどれも何の魚かわかんないや」

「奇遇《きぐう》だね、僕も全くわからないよ」

「あははっ！　私たち全然ダメじゃん！」

盛大に笑う彼女に「そうだね」と同意すると、彼女はよりおかしそうに笑った。その笑顔は見ているだけでこちらまで楽しくなってくるような愛らしさがあった。

二階に着くと僕らは道なりに館内を回った。

「見て公平くん、このお魚さん美味しそうじゃない？　あっちの子も美味しそう！」

「美味しそうって……」

ここをお寿司《すし》屋さんか何かだと思っているのだろうか。

「いやぁ、なんかお腹《なか》空いちゃってね。そういえばお昼ご飯まだだよね？」

「そういえばそうだね」

このままだと食い意地の張っている彼女が水槽《すいそう》に入って魚を食べかねないので、館内のレストランに行こうと提案した。

「早めに食べてショーの席を取りにいこうか」

「うん！」

ちょうど三十分後にイルカのショーが行われるという館内アナウンスが流れ、それまでの時間を潰すという意味でも好都合だった。

レストランは一階にあり、すぐ近くには全長二十五メートル前後もあるシロナガスクジラの骨格《こっかく》レプリカが堂々と飾られている。

「こんなのと海で出会ったら怖いだろうねー。もはや怪獣《かいじゅう》じゃん」

「そうだね。君なんかひと口で飲み込まれちゃうよ」

「残念、鯨《くじら》の主食はプランクトンなので人間は食べられませーん」

「君のその、使い道のなさそうな知識はどこから来るの？」

「使い道がないとは失礼だね。公平くんを言い負かして悔しがらせるくらいの用途はあるよ。ほら、悔しそうな顔を見せてごらんなさい」

「はぁ……」

わざとらしく呆れたようなため息を吐いてみせると、悔しそうな顔を見せたのは彼女の方だった。

「そういう対応が一番虚《むな》しいんですけど！」

「だからやってるんだよ」

「うわあ、なんて酷い人なんでしょう」

そんなやり取りをしているうちにレストランに着き、そして目の前の景色を見て驚いた。

僕らの目の前には、イルカがいた。もちろんガラス越しに。

壁の一部分が水槽に面しており、窓の向こう側ではイルカが退屈そうに泳いでいた。僕たちがショーまでの時間をここで潰すように、イルカたちもここで時間を潰しているらしい。

彼女も大興奮で、それはもう喜々として写真を撮っていた。

「それ、後で僕の携帯にも送ってほしい」

「いいよー。公平くんイルカ好きなの？」

「実はね。恥ずかしいからあまり言いたくないんだけど、可愛い生き物が好きなんだ」

「へー！　なら私の自撮りも送ってあげようか？」

「それ自分で言ってて恥ずかしくないの？」

「めっちゃ恥ずかしいに決まってるでしょ」

それでも言ってくるのは恥ずかしさよりも僕を困らせることが優先なのだろう。

正直、彼女の小学生みたいな軽いノリは嫌いではない。恥ずかしくて僕にはできないから、だからこそ憧《あこが》れのような感情を抱く。

あえて口には出さないけれど、僕は彼女のそういうところが気に入っている。

昼食を終えた僕たちはショーを見るべく二階へと上がっていく。会場はイルカが飛び上がれるよう広く設計されており、天蓋《てんがい》が半分ほどしかないため見上げれば空が見える。

「水しぶきに注意だってさ！　どうせなら濡れるの覚悟で前の方に座ろうよ」

「いいよ、今日は暑いしちょうどいいかもね」

ふたり揃って最前列に座ることにした。

目の前には腰ほどの低い柵があり、そこからかろうじて人がひとり通れるほどの通路を挟んだ先に水槽がある。

間もなくして口元にピンマイクをつけたトレーナーが登場するといよいよショーが始まった。

予想通り、イルカが起こす水しぶきは凄まじいものだった。客にかかる可能性があるというより、もはや積極的に水を浴びせるよう仕込んでいるのではと疑いたくなる。

隣に座る彼女が嬉しそうに悲鳴を上げるたび、僕らはびしょ濡れになっていった。

宙につり下げられた輪をイルカが華麗《かれい》に通り抜ける様も、アシカが鼻先でボールを転がす様も実に見事で、中に人間が入っていると言われても納得できるほどの完成度だった。

ここにいるイルカたちはもしかしたら早川さんよりも賢いかもしれない。ずっと黄色い声を上げている彼女を横目で見ながらそんなことを思った。

「いやー、大迫力だった！」

ショーが終わると彼女は満足そうに伸びをした。それからバッグの中からタオルを二枚取り出し、一枚を僕に手渡した。

「はい、これ公平くんの分」

「えらく準備がいいね。さては最初から濡れるつもりでここに来てたね？」

「もちろんさ。私の計画に抜かりはない」

「ドヤ顔なのが業腹《ごうはら》だけど、確かに完璧な計画だね。ありがとう、使わせてもらうよ」

ひと通り水分を拭きとって、後は自然乾燥に任せることにした。まだ暑さの残るこの時期に水を浴びるのは思いのほか気持ちがよく、ショーのクオリティの高さも相まって充実したひと時と言えた。

「たまにはこういう場所に来るのもいいかもね」

水族館を後にして、ご機嫌そうに歩く彼女の横に並ぶ。

「さっきまでは渋ってたくせにー」

「それは君と仲良くなるのが嫌だったからだよ」

「そこだけ聞くと私のこと嫌ってるみたいだね。実は本当にそうだったりして……？」

「まさか。この際だから本音を言うけど、僕は君と過ごす時間はそれなりに楽しいと思ってるよ」

恥ずかしいからあまりこういうことは口にしたくないのだけど、今まで必要以上の塩対応をしてきた分、彼女の不安要素は少しでも減らしてあげたい。

彼女は一瞬だけ面食らったような顔を見せ、それから僕に飛びついてきた。

「ねぇ、もう一回、今のもう一回言って！　おかわり！」

「やだね。一回きりだよ」

「私と過ごす時間が何だって？　んー？　言ってごらん！」

にやにやと口の端を歪める彼女を見ていると余計に恥ずかしくなってくる。二度と言ってやるものか。

「ほらー、言えー」

意地でももう一度言わせたいようで、無理矢理口を開かせようと顎《あご》に手を伸ばしてきた。

「やめて、くっつかないで。周りに人いるから」

触れる手を押しのける僕と諦めない彼女の攻防はしばらく続いた。

不毛な争いに終止符を打ったのは、通りかかった老夫婦の「いいわね、青春だねぇ」というひと言だった。

周りからは僕らがそういう関係に映っているのだとふたりして悟って、恥ずかしいのなんのでたまらず距離を取った。

「……君のせいだからね」

「……私は悪くないもん。公平くんがもう一回言ってくれないのが悪い！」

「はぁ、じゃあもう一回だけ言うよ。僕は君と一緒にいるのが楽しい」

本当にこれが最後だからと念を押した。

「これで満足？」

「うん！　今の喜びを忘れないように後で日記に書いておかないとね」

「日記なんてつけてるんだ、初耳だね」

「読みたい？」

「いや、別に」

「言うと思ったー。まあ読みたいって言われてもまだ見せないけどね！」

見せないのならどうして訊いたのだろう……なんて疑問は野暮《やぼ》だ。彼女との会話は意味がないことの方が多いし、その方が僕も気楽に楽しめる。彼女の性格は概《おおむ》ね把握できてきた。

「それじゃ、時間も時間だし僕はもう帰るよ」

「もうすぐ夕飯時だもんね。駅まで見送っていくよ！」

「ありがとう」

下関駅までの道のりを、僕たちはぼんやりと空や道行く車を眺めながら歩いた。

彼女が死ぬ未来、僕が小説家になれない未来、ふたりともそれらについては一切触れなかった。

それは暗黙の了解とは少し違う、言うなれば今この瞬間を全力で楽しもうとする姿勢。彼女のそんな生き様が僕にも移りつつあったのかもしれない。

しかしながら駅に着いた時、暗黙の了解を破ったのは意外にも彼女の方だった。

「ねえ」

改札を通ろうとする僕をふいに彼女が引き止める。

「なに？」

「さっきの約束、私は本気だからね。私は絶対、公平くんにもう一度小説を書かせてみせる。公平くんが作家になれない未来なんて認めない」

いつもの軽さや冗談は微塵《みじん》も含まれていない、本気の言葉だった。彼女の意志が固いのは僕にはわかる。

僕も、その言葉に向き合わなくてはいけないと思った。

「僕も約束するよ。もし未来が変わったら、その時は絶対にもう一度小説を書く」

彼女の目をじっと見つめて答えると、彼女は今日一番の笑顔を見せてくれた。

「うん！　また公平くんの小説が読める日を楽しみにしてるね！」

そうして、僕は今度こそ改札をくぐった。

意志の弱い僕は、運命を変えられなかった。どれだけ足掻いても予知の通りに進んでしまった。けれど彼女なら。そういった期待が胸の中にある。


その晩、僕は何を思ったのかノートを開いてみた。

約束はまだ果たされていない。それでも、久しぶりにペンを握ってみたいと思った。

しかし、いざペンを紙に近付けると、鼓動《こどう》が速くなっていくのがわかった。

それは無駄な行為だ、どれだけ書いても報われることはない。心臓がそう騒ぎ立てているような気がした。

【私は、君のことが好き】

心音を無視し、かつて書いていた小説の、最後の台詞《せりふ》だけを書き起こした。

病に倒れた少女が主人公に想いを告げるシーン。少女はその直後に息を引き取る設定だ。僕はそれを書こうとしている。

でも、どれだけ時間が経っても、ペンが紙に触れることはなかった。

ヒロインの少女を早川さんと重ね合わせてしまって、少女が死ぬ姿を僕自らが書くことに耐えられなかった。

鼓動はますます荒くなっていく。

いつまで経っても、僕は台詞の続きを一文字として書くことはできなかった。

第五章

互いの秘密を知ってから、僕たちの関係性は少しばかり変化した。

僕は彼女を避けなくなった。より正確には、避ける必要がなくなった。彼女は僕と仲良くなったうえで予知に抗ってみせると誓《ちか》い、僕もそれを承諾したからだ。

そうしたこともあって、僕は彼女からの誘いを断らなくなった。放課後は彼女と帰ることが多くなり、休日はこれといった用もないのに一緒に出かけている。

今の僕たちの関係性は、ひと言で表すならば秘密を共有した友人、といったところだろうか。

彼女の口から発せられる突拍子もない提案に振り回され、僕も僕でそれを楽しむような、そんな生活が続いた。

楽しむと言っても、彼女との仲が深まるにつれて強くなっていく別れへの恐怖も依然として存在している。

一方で、それでもなお彼女と一緒にいたいと思っている自分もいた。

だから僕はそちらの自分の意思を尊重することにした。何より、彼女自身もそれを望んでいる。

とある週明け、学校に着くといつものように彼女が話しかけてくる。

「公平くんおはよう！　昨日ぶりだね」

「おはよう。今日は早いんだね。僕はまだ疲れが残ってて朝眠かったよ」

昨日も僕らふたりはあてもなく下関駅の周辺を徘徊《はいかい》していた。

「ふふふ、私は元気だけが取り柄《え》ですから」

僕の前席を借りて座る彼女がいつものように胸を張った。

「……そうだね、元気なのはいいことだね」

口では肯定してみせたものの、彼女の言う「元気」とやらはおそらく、もうその肉体には存在しない。それを裏付けるように、彼女は笑った後に幾度か咳き込んだ。

彼女は、確実に死に向かい始めている。

「そんな心配そうな顔しないでってば。まだ大丈夫だから」

「……うん」

「お、なんだ愛梨。風邪か？　修学旅行までには治せよー？」

「任せて！　すぐ治すから！」

心配するたかしや佐藤さんを前に、彼女は常に気丈《きじょう》に振る舞っている。この咳が風邪によるものではないと知っているのは僕だけだ。

だから咳を誤魔化す彼女を見ても僕は何も言わないし、何も言えない。

ただただ、不安感だけを募らせるばかりだった。

「さて、来月末には中間テストがあるわけですが、みなさん、私が何を考えているかもちろんおわかりですね？」

すっかり暑さも落ち着いた十月頭、昼休みにいつもの四人で昼食をとっていると、彼女がそう切り出した。

「勉強会でしょ？」

「さすが公平くん、よくわかってるね。ということで週末は四人で勉強会ね！」

「勉強するのは最初の三十分くらいで、後の時間は雑談になるだろうね」

「さすが公平くん、よくわかってるね。ということで週末は四人で勉強会ね！」

一言一句違《たが》わず同じことを言ってきた。どうやら強制参加らしい。

「わかったよ。僕は行く。みんなは？」

「俺も大丈夫」

「私も行けるよ。どのみち愛梨に勉強教えなきゃだし。この子すぐサボるからね」

「なるほど、佐藤さんは苦労人だね……」

「あはは、もう慣れたよ」

聞くところによると佐藤さんは昔からずっと彼女の勉強を見ているらしい。「一年前まではこの子も真面目に勉強してたんだけどねー。最近は全然」とこぼしていた。

佐藤さんにしてみれば普段通り気分屋な早川さんの立ち居振る舞いなのだろうけれど、「一年前までは」という言葉を聞いた瞬間におおよその事情を察してしまった。

正面で弁当を頬張《ほおば》る彼女と目が合う。彼女は僕にだけわかるよう控えめに目を細めて微笑んだ。そこに言語でのやり取りはなかった。しかし僕は彼女が言わんとすることを正確に読み取っていた。

未来のない彼女にとって、未来のために行う勉強など価値がないのだろう。

となれば、四人で集まる目的は勉強ではなく、勉強会という名を冠しただけの思い出作りだ。彼女の望みはそれに違いない。

なら、僕はそれに応えよう。

迎えた週末、僕らは彼女の家に集まった。

「お母さん！　お客さんにお茶とお菓子を！」

「かしこまりました愛梨様！　すぐにお持ちします！」

「ありがとう！　大好き！」

玄関先で仲睦《むつ》まじい親子のやり取りを見せられ、それが落ち着いた頃にお母さんにお辞儀をすると、「いつも愛梨と仲良くしてくれてありがとう」と優しく出迎えてくれた。

彼女の部屋に通され、前回同様に手作りのクッキーを持って彼女がローテーブルの前に座る。それが勉強開始の合図と思いきや、案の定、僕たちは勉強などしなかった。

部屋には勉強という真面目な行いとは程遠い笑い声が絶え間なく響いている。

体裁《ていさい》として筆記用具やノートを持ってきてはいたものの、それらが適切に使用されることはなく、いつの間にか彼女の落書きノートとして扱われていた。

絵しりとりという、イラストで行うしりとりを彼女はとても気に入っていた。たとえば、「いぬ」の絵を描いたら次の人は「ぬ」から始まる絵を描く。それが「ぬいぐるみ」なら次の人は「み」から始まる絵を描かなければいけない。

前の人が何を描いたのか推測することがこのゲームの醍醐味《だいごみ》であり、自称天才画家の早川さんの次番である僕は、彼女の描いた意味不明な絵を解読するのに大変な苦労を要した。

彼女のことだ、わざとわかりにくい絵を描いたに違いない。順番を決める際「私の次は公平くんね」と明らかに嫌がらせをするために僕を指名していたのだから。

今も、僕の眼前には目が三つもあるおぞましい生命体の絵があった。

「……これ、解読させる気ないよね？」

「この愛梨様の芸術的な絵がわからないって言うのかね？」

「わからないね」

思い悩む僕の様子がおかしかったようで、彼女は頬が痛くなりそうな笑みを浮かべていた。

腹いせに僕も難解な絵をたかしに回し、たかしは純粋に絵が苦手だから佐藤さんも頭を抱える。

ある意味、僕らは勉強をするよりも頭を働かせていたかもしれない。

絵しりとりが終わると近場のスーパーでお菓子やジュースを買った。彼女の家に戻り、それらを食べながらすぐにまた別の遊びに没頭《ぼっとう》する。

それは七並べであったり、大富豪であったり。いずれの遊びも彼女の次番は必ず僕で、僕は彼女の標的にされ続けた。

もちろん僕も黙ってやられるつもりはなく、七並べでは隣に座る彼女の手札《てふだ》が偶然見えてしまったのをいいことに、彼女がカードを出せないよう意図的に数字を止めてやったりした。

結果、彼女は「けっ！　やってらんねぇぜこんなゲーム！」と悪態をつきながら誰よりも先に脱落《だつらく》していった。

何度か「勉強は？」と訊ねてきた佐藤さんには申し訳ないけれど、僕と早川さんの争いは日が暮れるまで続いた。諦めたのか、途中から佐藤さんは何も言わずにゲームに付き合ってくれるようになった。ごめん。

「もういい時間になっちゃったね。そろそろ片付けよっか」

一段落ついたタイミングで、やや名残惜《なごりお》しそうに早川さんが時計に目をやった。釣られて見れば時刻は午後七時過ぎで、外はすっかり暗くなっていた。

「公平くん、決着は修学旅行の時につけよう」

「望むところだよ。また一番最初に脱落させてあげる」

「あれは本当に性格が悪いからやめてほしい」

「対戦ゲームっていうのは相手が嫌がることをするのが正解なんだよ」

ぐぬぬ、と彼女はわざとらしく悔しがってみせた。言い返す言葉を探しているのだろうけれど上手く見つからないようで、最終的には「今日はたくさん勉強したね！」と全く別の話題を振ってきた。

「いや愛梨、全然勉強してなかったよね？」

「うっ」

僕が言おうとしたことを佐藤さんが代弁してくれた。話をそらすつもりが逆に自分の首を絞《し》めているドジっぷりは実に彼女らしい。

「もう、留年しちゃったらどうするの？」

「そしたら一学年下の可愛い後輩として真奈美に可愛がってもらうよ」

「いいけど、後輩になったら私に敬語使ってね」

「それはちょっと……。次はちゃんと勉強します……」

「うん、いい子」

身支度を終えた佐藤さんが彼女の頭をわしゃわしゃと撫でた。そのやり取りをひとしきり見守ってから、僕ら三人は帰路に就いた。

ちかちかと不安定に点滅する街灯を頼りに、僕たちは駅までの道のりを歩く。

途中、たかしは用事があると言って僕らと別れ、佐藤さんとふたりきりになった。

早川さんやたかしと違い、比較的物静かな佐藤さんとふたりになると、何を話していいのかよくわからなくなる。

「そういえばさ、工藤くん」

「うん？」

困っていると、都合がいいことに佐藤さんの方から話を振ってくれた。

「ちょっと相談したいんだけどいいかな？」

「相談？　いいよ、何？」

「その、愛梨のことなんだけど」

夜空を仰ぎながら、佐藤さんは言葉を詰まらせていた。澄み切った秋の空気とは反対に、声にならない濁った息が彼女の口から漏れる。

どう話を切り出すか考えているといった様子で、僕らは十数秒の間、無言で夜道を歩いていた。

「……これは私の思い違いかもしれないから話半分で聞いてね」

しばらく歩いた頃、あくまでそう前置きを入れたうえで、

「愛梨、私に何か秘密があるんじゃないかって思うの」

佐藤さんはそう口にした。

それを聞いた途端、僕は僅かながら動揺してしまった。顔に出さないよう口元を引きしめ、続く彼女の言葉を待つ。

「工藤くんなら何か知ってるんじゃないかなと思ってさ」

「どうして僕が？」

「だって最近、妙に愛梨と仲がいいじゃん」

「そうかな」

「そうだよ。気付いてる？　周りから見たらふたりともカップルみたいだよ。クラスでも噂になってるし」

知らなかった、というよりそのあたりは無頓着だった。

最初こそクラスメイトたちの目を気にしてはいたけど、彼女の秘密を知って以来、彼らに何を思われようと気にならなくなっていた。彼女が抱える病の重さに比べれば注目を集めることなど些事《さじ》でしかない。

「確かに早川さんとは最近仲良くしてるよ。でも僕たちはそういう関係じゃない。それよりもさ、どうして早川さんに秘密があると思ったの？」

脱線しかけていた話をあるべき場所に戻す。佐藤さんの言う秘密とは、もしかすると彼女の死に関連することかもしれない。

「んー……ほら、愛梨っていつも元気じゃん？」

「うん」

「それって昔からなんだけどさ、でもここ最近の愛梨はちょっとおかしいと思うの。その、元気なことには変わりないんだけど、なんか元気の質が違うというか、なんだろう、上手く言葉にできなくてごめん。でもとにかく前とは違うの。前は遅刻なんて絶対しなかったし」

やっぱりそうだ。佐藤さんは核心に迫ってこそいないながらも、早川さんが抱える秘密を違和感という形で捉えている。

「大丈夫、言いたいことは大体わかったよ。それはいつから？」

「一年前くらいかな」

「そっか」

……どうしてだろう、僕は今の話を聞いて、嬉しいと感じてしまった。

自身の命がもうすぐ尽きると知っていてなお隠し通すのは、それこそ彼女のように意志の強い人間にしかできない。

しかしそのせいで、彼女の周囲にいるほとんどの人間は彼女の異変に気付いていない。ひょっとすると、僕は無意識のうちにそのことに寂しさや憤《いきどお》りを感じていたのかもしれない。

いくら本人が隠そうとしているとはいえ、命の終わりを誰にも悟ってもらえないいなどあまりにも虚しすぎる。誰も彼女の本当の顔を知らないということなのだから。

「工藤くんは何か心当たりはない？」

彼女は本当にいい友達を持ったと思う。これも彼女の人柄故《ゆえ》だろうか。

だけど、ごめん。僕は佐藤さんに何も言えない。

「……とくに心当たりはないかな。秘密を抱え込むような人にも見えないし。役に立てなくてごめん」

僕がここで真相を明かすことは許されない。それは胸を張って生きている彼女の、その強い生き方を邪魔することになってしまう。

「そっかそっか、じゃあやっぱり私の勘違いかな。ごめんね変な話をしちゃって」

「謝らないで。佐藤さんは友達思いで素敵だと思う」

「そう？　ありがと。それにしても工藤くん、最近なんか変わったよね」

「変わった？　僕が？」

「うん。前より笑うようになった」

そう言うと、佐藤さんは早川さんを彷彿とさせる朗《ほが》らかな笑みを見せた。

「そうかな。自分じゃよくわからないや」

「絶対そうだよ。同じ班になった当初は内気って感じだったのに、最近の工藤くんはノリいいしね」

「あれは早川さんに合わせているだけだよ」

「まさに笑顔が増えてる証拠じゃん。愛梨に合わせられるってことは、元気ってことだからね」

「……なるほど、一理あるかもしれないね」

彼女の、まるで小学生のような無邪気さが脳裏をよぎる。

「ほら、今も笑ってる」

「え」

佐藤さんに言われて、僕は初めて自分の口元が緩んでいることに気が付いた。無意識の笑みだった。

「いやぁ、これは工藤くんが胸を張って生きる日も近いかもね」

「待って。胸を張るって、それ……」

「あぁ、ごめん。これね、愛梨の口癖なの。胸を張って生きるってやつ」

「僕もよく言われるよ。彼女は自分と同じだけの堂々っぷりを人に求めすぎだと思う」

もし全人類が彼女みたいになったら、きっと地球が騒がしすぎて他の惑星《わくせい》から文句を言われると思う。

「あはは、私もよく言われるよ。真奈美はもっと笑った方がいい！　ってね」

「だからさっき彼女みたいに笑ってたんだね」

「え、私そんな風に笑ってた？」

「そっくりだったよ。これは佐藤さんが胸を張って生きる日も近いかもね」

真似して言うと、佐藤さんは控えめに微笑んだ。きっと僕も笑っていたと思う。早川さんは凄い人だ。その場にいなくても周りの人間を笑顔にしてしまう。

「それじゃあ、僕は電車だから」

「うん、またね」

駅前まで見送ってくれた佐藤さんに短くお礼を告げる。

そうして僕たちの、勉強をしない勉強会が終わった。

翌週からの僕たちは比較的真面目に勉強へ取り組んだ。さすがの早川さんもさじ加減は心得ているようで、自由奔放《ほんぽう》に振る舞う素振りを見せながらも僕らの成績に影響を与えるようなふざけ方は決してしなかった。

僕たちは無難に勉強をこなして、たまにふざけて、そうしてそこそこの出来でテストを乗り切った。

彼女と過ごす日々は驚くほどあっという間に過ぎていく。気が付けば十月も終わり、肌寒い季節がやってきた。

もうすぐ修学旅行だ。今週の土日が明ければいよいよその日がやってくる。昼休みになるとクラス中の各グループが京都の話をし始めるくらいには、学年全体が浮かれていた。

ただ、そんな中で、僕は不安を抱えていた。

「愛梨、大丈夫？」

昼休み、幾度となく咳込む彼女の背中を佐藤さんがさすっている。彼女らの向かいに座る僕は何も言えずにその様子を見ていた。

「また風邪ひいちゃったみたい。来週までには治すから心配しないで」

彼女の咳は、日に日に頻度が多くなっていた。

肺に溜まった水を排出しようとする体の反応だそうで、調べてみるとそれは肺水腫《はいすいしゅ》といって、ただ呼吸をすることさえ苦しいらしい。

遅刻はしても滅多に欠席をしなかった彼女が、最近では休みがちになりつつある。

彼女は決して異変を表に出そうとはしないが、間違いなく病気は進行している。彼女が咳をするたびに僕はつい不穏な想像をしてしまう。

もうそろそろなのではないか、と。

考えたくもない未来、けれど必ず訪れるその未来を、どうしても考えてしまう。

「公平くん、どうしたの？」

彼女が不思議そうに小首を傾げる。問いたいのはこちらの方だ。彼女の病気は一体、どこまで進行しているのだろうか。

考えていると、彼女がまた大きな咳をした。

「……何でもないよ」

心臓が嫌な音を立て、どくどくと不快な感覚が血とともに全身へ巡るのがわかった。もしかすると、彼女の心臓は常にこんな状態なのかもしれない。

その晩、何の前触れもなく早川さんから電話がかかってきた。今まさに眠ろうと横になっていた僕は反射的に目を開けて応答ボタンに指を伸ばす。

「どうしたの、急にかけてきて」

『声が聞きたくなっちゃって。ごめんね、電話苦手だって言ってたのに』

彼女にしては妙に大人しかった。

「いいよ別に。寝るまでの間だったら付き合うよ」

『ほんと？　ありがと。もうすぐ修学旅行だね』

「そうだね、随分前に君に選んでもらった服を着ていくよ」

『楽しみ。公平くんがあの服を着てるところまだ見たことないもん』

「修学旅行までのお楽しみだよ」

『ちゃんとタグとか値札外して着るんだよ？』

「君じゃあるまいし、そんなミスはしないよ」

『それもそっか。って、私もそんなミスしないし！』

いつもの彼女らしい、明るいノリツッコミが返ってきた。

良かった、まだまだ元気らしい。

人知れず安堵するのも束《つか》の間、電話口からごほごほと咳込む声が聞こえてきた。

「大丈夫なの？」

『余裕のよっちゃんよ』

「ならいいけど……」

『あ、そうだ。今週の日曜日、空いてる？』

「……空いてるけど、どうして？」

わざわざ約束せずとも週末は一緒に過ごすのが当たり前になっていたというのに、今更になって予定の有無を確認してきたことに僅かながら違和感を覚えた。

『話しておきたいことがあるの』

——その時、少しだけ嫌な予感がした。その日彼女と会うと、僕にとって都合の悪い何かを聞かされるような、そんな予感。

『ほら、返事はー？』

返答にもたつく僕にいつもの催促が飛んでくる。

「……わかった。また駅まで行くよ」

不安を感じながらも、僕もいつものように返した。

以前、もう彼女を避けないと約束した。たとえ恐怖や不安を感じても、ここで首を横に振ることは許されない。

『うん、ありがとう。待ってるね』

それから、僕たちは他愛もないことを話した。明日も学校があるというのに、三時間以上も夢中で話し込んでいた。

通話の終わりは、草木も眠るような時間になって、電話口から彼女の寝息が聞こえてきたタイミングだった。

「……寝た？」

呼びかけに応答はない。

彼女が眠りに就いていることを確認し、電話を切ろうとした。けれど、寸前で指を止めてしまった。

切りたくない。どうしてかそんなことを思った。

彼女は年内を生きられるかどうかだという。もしかしたらそれは電話を切ったすぐ後かもしれない。明日かもしれない。修学旅行を迎えられないかもしれない。

僕にとっての一分と、彼女にとっての一分は価値が違う。

そう考えると、彼女と繋がっているこの時間を自分の手で断ち切る気にはなれなかった。

「おやすみ、早川さん」

僕は、そのまま目を瞑ることにした。

翌朝、携帯から大声が聞こえて目を覚ました。

『やっぱーい！』

それは彼女の声だった。

どうやら通話は繋がったままだったらしい。

「……どうしたの？」

眠たい目をこすりながら話しかけると『あ、おはよう公平くん』と彼女の声。

「おはよう」

『公平くん公平くん』

「どうしたの？」

『時計、見てみて』

言われた通りに携帯の時刻を見て、何故彼女が叫んだのかを察した。

時刻は午前八時二十分。あと十分で遅刻というところだった。

「あー、なるほど。これは……やばいね」

『ね。やばい』

「間に合うと思う？」

『逆に聞くね、間に合うと思う？』

「無理だろうね」

『だよねー！』

ふたりして笑った。苦笑いだった。

「君のお母さんは起こしてくれなかったの？」

『んー、お母さんは学校よりも私の体調を優先に考えてくれてるから、遅刻したとしても寝てる私を起こすことはないよ。公平くんは？』

「僕は親が自己責任論を振りかざすタイプでね、自分の力で起きろって言われてる」

『なるほど、それでふたりとも遅刻するわけですね』

「そういうことになるね」

ふたりしてまた笑った。当然、苦笑いだった。

彼女の得意技である遅刻をまさか僕までするることになるとは。

『ねね、せっかくだから通話繋げたまま学校行かない？』

「凄いことを考えつくね。遅刻したうえに通話しながら登校なんて肝《きも》が据わってなきゃできないよ。胸を張って生きるってそういうこと？」

『いや、ちょっと違うけども！　でもなんか楽しそうじゃん！』

「まあ、その気持ちはわかるよ。なら繋げたまま行こうか」

『さっすがー！　公平くんの家から学校までって徒歩何分くらい？』

「二十分くらいかな」

『あ、じゃあ駅前で待っててほしい！　そこから一緒に行こ！　急いで準備するね』

そう言って携帯からドタバタと慌ただしい音が聞こえてきた。いつもは僕が彼女のところまで電車で行っているけれど、今日は彼女がこちらに来る側だ。

電車通学ではない僕は比較的ゆっくり準備を済ませてから家を出た。イヤホンをつけ、駅までの道のりを彼女と話しながら往く。

「もう駅に着いたよ」

『待っててね、今下関駅にいるから！　もうすぐ電車来ると思う！』

「どうせ遅刻なんだからそんなに急がなくてもいいのに。体調は平気なの？」

『心配無用です！　あ、電車来たよ！』

彼女の声と同時に列車の到着を知らせるメロディがイヤホンから聞こえてきた。

やがて彼女を乗せた電車が駅に着くと、『公平くんどこ！』と僕を捜す彼女の様子が遠目に見えた。きょろきょろする姿が愛らしかったので「捜してみて」とだけ言って見守ることにした。

『あ、そんなところにいた！』

しばらくして遠くの彼女と目が合った途端、ぷつりと電話が切れた。画面を見ると、恐ろしいことに僕らは十時間も電話を繋げたままでいたことがわかった。

「よし！　行こっ！」

すぐに駆け寄ってきた彼女がおもむろに僕の手を取った。

「うん、行こう。でも恥ずかしいから手は離して」

「いいじゃんそのくらい！　寝落ち通話した仲なんだから」

「また道行く人にカップルと勘違いされるよ」

「その時はその時さ！　ほら行くよ！」

彼女はお構いなしにグイグイと僕の手を引いて歩き始めた。

気のせいだろうか、力強く握ってくるその手が、病的なまでに冷たかったのは。

いや、きっと僕の考えすぎだ。そうに違いない。そうであってくれなくては困る。

きゅっと、僕の熱が伝わるよう少しだけ彼女の手を強く握り返した。

それから僕らはいつものようにくだらない話をしながら学校までの道をともにした。

「さすがに教室に入るタイミングは別々の方がいいだろうね」

「えー、せっかくなら一緒に入ろうよ。仲良く遅刻する様子をクラスのみんなに見せつけよう」

「そんなことしたら怒られるよ」

「先生には病気のせいですってあらかじめ言ってあるから私は大丈夫」

「だからいっつも遅刻しても怒られなかったんだ。いや待って、それだと僕はどうなるの？」

「今から私と同じ病気って設定でいこう」

「それはさすがに無理があるよ」

学校を目前にしてそのようなやり取りを交わす。口では抵抗しているものの、僕は結局押し切られるだろうと予想していたし、彼女が押してきた場合、これ以上抵抗する気もなかった。

「いいから一緒に行くよ！　ほら！　返事は！」

「わかった、わかったよ」

下駄箱で靴を履き替えながら観念して苦く笑った。彼女は満足そうだった。

手を引かれたまま廊下を歩き、教室前に立つと彼女は盛大にドアを開け放った。

「すみません！　寝坊しました！」

とても謝っているようには見えない彼女を、クラスのみんなは笑顔で迎え入れた。日頃の行いのおかげだろう、遅刻した彼女に軽蔑の目を向ける者は誰もいなかった。彼女の事情を把握している先生も「修学旅行当日は寝坊しないようにな」と笑って流していた。

ただし、それらの温かい眼差しはあくまで彼女にのみ向けられるもので、僕にはいささか好奇な視線が集まった、ような気がする。

佐藤さんが言っていたように、僕は彼らから誤解をされているのだろう。

彼女と同じ班になったことも、こうして仲良く登校することも、平穏を望むのなら避けなければならないはずだった。にもかかわらず、どうしたことか、今の僕は別にそれでいいと思っていた。

隣にいる早川さんが笑っていればそれだけで満足だった。

僕は少し、彼女に毒《どく》されているのかもしれない。

翌日に修学旅行を控えた日曜日の昼、僕は下関駅に向かっていた。電車を降り、改札を抜けるといつもの笑みを湛えた彼女が待ってくれていた。

「やっほー公平くん」

「うん、お待たせ」

　短い挨拶を交わすと、彼女は早速歩き始めた。

「今日はどこに行くの？」

「ふふん、今日はゆめタワーに向かいます！」

「また？」

「うん、また！」

「別にいいけど、今日は曇りだよ。あんまりいい景色は見れないんじゃないかな」

　空を見上げれば、今にも降り出しそうな雨雲が僕たちを見下ろしていた。彼女みたいに明るく笑う太陽はどこにも見えない。

「いいのいいの。公平くんと行くことに価値があるんだから。ほら、行くよー」

　彼女に手を取られ、僕たちはタワーを目指す。

　券売機でチケットを購入し、展望室まで上がると予想通り見晴らしの悪い景色が待っていた。

「あちゃー。やっぱり遠くの方は霧がかっていて全然見えないね」

「そうだね」

「あ、でも私の家はここからでも見えるよ！」

「……うん」

明るい彼女とは対照的に、僕はどこか上の空だった。せっかくの休日だというのに素直に楽しめない自分がいる。

電話の時、彼女は話があると言っていた。何故この場所を訪れたのか、彼女は僕に何を話すつもりなのか。それが気になって仕方がなかった。けれど、「要件は？」と訊くことはできなかった。

僕は、怖かった。

彼女が話そうとしていることが僕にとって恐ろしいものであるという確信があった。

「公平くん。少し見て回ろっか」

「……そうしようか」

話を切り出してこないことに甘えて、僕は彼女とともに展望室内を歩いて回った。

「私の家があそこで、真奈美の家があっち」

「結構近いんだね」

「同じ学区だったからね。前までは一緒に通学してたんだけど、最近は私の遅刻が多いし、そうじゃなくてもギリギリに行くことが増えたから一緒に行けなくなっちゃってね」

天気が悪いからか、展望室に僕らの他に観光客はいなかった。そのせいか彼女はいつになく饒舌《じょうぜつ》だった。時折目に涙を浮かべるほどの咳をしながらも、下関の街並みを見て懐かしむように僕に思い出話を語り聞かせた。

「あそこに見える緑色の屋根のお店がね、人生で一番最初に行ったケーキ屋さんなの。ひと口食べた瞬間に感動して、それで私もパティシエを目指し始めたんだ」

「……そう、なんだ」

薄暗く、静かな展望室内を僕たちふたりだけが歩く。

「でね、あそこに見えるのが小学生の頃に転げ落ちちゃった歩道橋で――」

言いかけて、彼女はバランスを崩してよろめいた。転ばないよう咄嗟に彼女をこちらに抱き寄せ、なんとか事なきを得た。

「大丈夫？　顔色悪いよ」

「うん、大丈夫だよ」

何事もなく振る舞おうとする彼女の呼吸が微かに荒くなっていることを、僕は見逃さなかった。

「座って休もう」

「……待って」

「なに？」

「もう少し、このままくっついてちゃダメかな……」

僕の胸に顔をうずめ、彼女は弱々しくそう言った。

断ることができなかった。断るつもりもなかった。腕の中の彼女がとても儚《はかな》い存在のような気がして、手を放すことができなかった。

彼女の呼吸が落ち着くまで、僕らは何も言わず互いの体温を感じていた。

「……ねえ、公平くん」

幾らかの時間が経った頃、ふいに、僕を呼ぶ声がした。

「……どうしたの」

「私ね――」

その先を聞くのがどうしようもなく嫌だと思った。けれど、彼女は止まらなかった。

「もう、長く生きられないんだ」

そう言って、彼女はこちらを見上げた。そこにいつもの明るさはなく、真剣な眼差しで僕を見据える。

彼女はゆっくりと手を伸ばし、そっと僕の頬に触れた。

「わかる？　冷たいでしょ」

「……うん」

「こうなったのは最近なんだけどね。多分、病気が悪化したんだと思う。もうほとんど指先まで血が回ってないの。ずっと痺《しび》れてて、息も苦しくて、ちゃんと吸っているはずなのにちっとも吸えてるような感じがしないの」

それは病魔が彼女を連れていく一歩手前まで来ている証。

彼女はもう片方の手も僕の頬に添えて、真っ直ぐに僕を見る。

「私はもうすぐ、死ぬと思う」

「……っ」

何も言えなかった。何を言っていいのかが、本当に、さっぱりわからなかった。

彼女はただ淡々と言葉を続ける。

「公平くんにだけは先に言っておきたかったの。私の体に起きた異変はまだ家族にも話してない。もし話したら修学旅行に行けなくなるから」

もともと、彼女は無理を言って修学旅行に参加する許可を貰っていたらしい。それは主治医との約束で、あくまで症状が悪化しなかったらの話。悪化してしまった場合、入院しなくてはならないのだとか。

「……入院しなかったらどうなるの？」

「いつ死んでもおかしくない、と思う。それこそ、もう一分後に私が生きている保証はどこにもないよ。私の心臓はいつこと切れてもおかしくないから。仮に入院したとしてもせいぜい数週間延命《えんめい》するくらいだしね」

「手術は？」

「無理だよ。私の心臓はもうボロボロで、手術でどうこうできる段階じゃないみたい。

全身麻酔《ますい》なんてしようものならそのまま永遠に停止しちゃうかも。前にも言ったでしょ？　薬で抑えて、それが効かなくってきたら……って。それが今なの」

……どうして、彼女はそこまで冷静でいられるのだろうか。

「本当に、もうどうしようもないの？」

「どうしようもないね。私自身の体だから私が一番よくわかってる。それに公平くんの予知ノートにも死ぬって書いてあったしね」

「君は未来を変えられることを証明すると言った」

「するよ。でもそれは私の病気の話じゃない。私が公平くんに告白するかどうかの話」

「でも……」

そんなのは、嫌だ。

こうなることは、彼女がもう長くないことはわかっていたのに、それなのに、僕はいまだに彼女の死を受け入れられずにいる。

死んでほしくない、少しでも長く彼女と同じ時を過ごしたい。

「……入院は、するつもりはないの？」

「ないよ。公平くんなら私の考えてることわかるよね。だから今日だって公平くんにだけ打ち明けることにしたの」

……ああ、認めたくはないけれど、彼女の言う通り、僕にはわかってしまう。

彼女は本気だ。数週間の延命よりも、最後に修学旅行で僕や佐藤さん、たかしと最高の思い出を作ることを、胸を張って人生を謳歌《おうか》することを心の底から望んでいる。

でも、それでも、僕は少しでも長く彼女に生きていてほしい。たとえ数週間でも、たとえ一秒でも。

「入院しても毎日お見舞いに行くよ。君が退屈しないように面白い漫画だってたくさん持っていく。修学旅行だってサボって君のところに行く。だから、だから……」

焦る僕を見かねたのか、彼女はふと子供をあやすような優しい笑みを浮かべた。

「ふふ、ちょっと嬉しいな」

「……何が」

「だって公平くん、私に死んでほしくなさそうって顔をしてるから」

「嫌に決まってるでしょ」

「それが嬉しいんだよ。考えてみて？　もし私たちが逆の立場だったとして、公平くんが死ぬって時に私がどうでもよさそうに『そっか～』って言ったら嫌でしょ？」

「まぁ……それは確かに」

彼女は「でしょ？」と笑った。

「だからありがと。でもね公平くん、よく聞いてほしいの」

「……うん」

「私はね、自分の運命を受け入れているの。それは人生を諦めたわけじゃない。確かに周りから見たら私は可哀想な女の子かもしれないけど、私はもし明日死んだとしても、胸を張って幸せな人生でしたって笑えるよ」

そう言って、今日一番の笑顔を見せてくれた。

やっぱり彼女は僕とは正反対の人間だ。彼女にはいつも憧れや尊敬のような感情を抱かされる。

もし未来が変わったら、僕も君のようになれるだろうか。

「ふふん、まぁ見てなさいって！　私が運命を変えられるって証明してあげるから。このまま公平くんに告白しなかったら私の勝ち。いいね？　私たちは正々堂々と未来を変えるの。だからこのまま後悔しないように真っ直ぐ生きる。修学旅行にも絶対に行くもん」

「……わかった。君を信じることにするよ」

そこまで話して、僕はふと疑問に思った。

「ところで、一つ気になったんだけど」

「なーに？」

「君は、僕のこと好きなの？」

「えっ」

彼女は目を丸くした。それから水を貯め込んだダムが決壊《けっかい》したかのような勢いで盛大に噴き出した。

「あははは っ! 僕のこと好きなのって……! 普通そんなこと訊かないよ! というか私がここで好きだって言ったらそれこそ予知の通りになっちゃうでしょ?」

「……いや、そうなんだけどさ。ふと気になって」

彼女は未来を変えることばかりに言及していて、好きかどうかという根本的な部分には触れたことがなかったから、つい気になってしまった。確かに言われてみれば恥ずかしい質問だったかもしれない。

「んーでもそうだねー。直接答えを言うのはダメだしなぁ。でもでも、今日ここに来たこと自体が答えというか……」

ひとしきり笑った後、彼女は突然ごにょごにょと独りごとを唱え始めた。

「私、前に言ったよね。次ここに来るのは大切な人ができた時って」

「それ、もう答え言ってるようなものじゃない?」

「あのね、公平くん。私だって女の子なわけですよ。ちゃんと恥ずかしがったり照れたりするんです。わかりますか!」

窓の外に視線を向けながら投げやりに言ってきた。よく見たら、彼女の耳がほんのりと赤らんでいた。血液循環が上手くいかない体という割にはえらく血色がよくて、それを見てさっきの問いかけがより一層恥ずかしくなってきた。背中がムズムズする。

「いや、ごめん……。その、君に好かれるようなことをした覚えがないからどうしても信じられなくて」

「もう、そこは『俺のこと好きなんだろ？』って言いながら壁ドンするところだよ」

「僕がそれやったら大爆笑するくせに」

「あはは、するだろうね〜。想像するだけでかなり面白いよ」

「やめて」

彼女が思い浮かべているだろう僕の姿を、自分でも想像できてしまう。それはもうとても痛々しい姿だった。

「よし、それじゃあそろそろ降りよっか」

「え、もういいの？」

「だってあんまり景色見えないし、ちゃんと話もできたからね」

「まぁそれもそうだね」

僕らは階段を使って二階層ほど下った。三十階までのエレベーターは昇り専用のため下に繋がるエレベーターを使うにはこの階に来るしかない。そう、いわゆる恋人の聖地と呼ばれるこの階に。

二十八階に着くと、彼女は「ちょっと待っててね」と言って恋人の聖地へ吸い寄せられていった。

僕は言われた通り大人しく待つことにした。さっきのやり取りのせいか、どうにも体が熱い。ひとりで落ち着く時間を貰えたのはありがたかった。

数分後、彼女は「お待たせ！」と上機嫌な様子で戻ってきた。

「何してきたの？」

「秘密です！　あ、でも公平くんにも関係のある何かを残してきたから、いつか見に来てね」

「なるほど、だからわざわざ僕をここで待たせてたんだね」

「そういうこと！　さ、降りるよ！」

あらためて僕らはタワーを後にした。時間にしてほんの数十分。彼女は本当に話をするために僕を呼び出したらしい。

「次はどこに行くつもり？」

「あれ？　公平くんもしかしてまだ遊ぶ気満々なの？」

「だってまだ昼過ぎだしね。君のことだから遊び足りないとかなんとか言ってまた別の行き先を考えてるんじゃないの？」

「いやあ～鋭いね。……って言いたいところなんだけどね、今日はもう帰ろうかと思ってるの」

言うやいなや、彼女は苦しそうに咳込んだ。息を荒げ、目元にはほんのりと涙が滲んでいることに気付く。それを受け、僕はなんて愚かなことを口走ってしまったのだろうと強く自分を責めた。

遊び足りないのは彼女ではなく、僕の方だったんだ。当然のように日が暮れるまで一緒にいるものだと考えてしまった。彼女は病人だというのに。

彼女はもうとっくに限界だ。本当はここに来ることさえ苦しかったはずだ。

「……ごめん」

「いいの、謝らないで。公平くんが私と一緒にいてくれるつもりだったのがわかっただけで幸せなんだから。あ、でも」

「うん？」

「ちょっとでも申し訳ないって思うんだったら、帰った後にまた電話に付き合ってほしい。ダメかな？」

ダメなわけがない。むしろこちらからお願いしたいくらいだ。

僕はどうやら、自分が思っている以上に、彼女のことを――。

「もちろん付き合うよ。でも君の体調が優先だから無理はしないで」

「ありがと、大丈夫だよ」

「それと、あらためて約束するよ」

「うん？」

ぽかんと首を傾げる彼女を前に、僕は数秒ほど呼吸を整える。

全てを諦めていた僕にとって、これから口にする言葉は決して安易に宣言できるものではなかった。

だけど、言わなければいけない。

「もし運命が変わったら、僕は絶対にもう一度小説を書く。堂々と胸を張って生きると約束する」

死を前にしてもなお、強く胸を張って生きようとする彼女のことが、僕は大好きだ。だから彼女と並んでも恥ずかしくない男にならなければいけない。

「……本当に、約束してくれる？」

「もちろん。約束する」

一瞬の迷いもなく頷くと、彼女は安心したように柔らかな笑みを浮かべた。

それから、彼女は唐突に「あのね、私って実はわがままなの」と言い始めた。

「そんなのとっくに知ってるよ」

「バレてたかぁ。ふふ、だからね、ついでにもう一つ約束してほしいことがあるの」

「言ってみて」

「ん、私が死ぬ最後の瞬間まで、私と仲良くしてほしいの」

数秒ほど考えてから、僕は首を横に振った。ダメだよ、と拒否した。

「最後の瞬間までじゃない。君が死んだ後もずっと、僕は君を想い続ける」

自分が痛々しいことを言っている自覚はある。それでもこれが今の僕の本心なのだから、たとえ痛々しいのだとしても、僕は正直にそれを告げて、彼女に笑われてもいいと思っている。

「……ふふ、何それ」

予想通り彼女は笑ってくれた。そして同時に、涙も流していた。

彼女を家まで送り、僕も自宅に着くとすぐに電話をかけた。

電話はずっと繋がっていた。お互いご飯やお風呂で席を外している時ですら切ることはなかった。「おやすみ」と「おはよう」を言うまでは、切るつもりはなかった。

「それじゃ、おやすみ。寝坊しちゃダメだよ」

『公平くんこそ。おやすみ』

そうして僕たちは通話を繋げたまま眠りに落ちた。

彼女のことを考えながら眠ったからなのか、その晩、僕は彼女の夢を見た。それはとても短い予知夢だった。

朝、目を覚ましてすぐに「おはよう」と告げる。返事はなく、彼女はまだ眠っているようだった。

ベッドから起き上がり、昨晩見た夢を記すために予知ノートを開いた。

書きたくない。けれど、書かなくてはいけない。僕が胸を張って前を向くためにも。

震える手でペンを走らせた。どういうわけか、視界が滲んで手元が見えなかった。

それでも、こう書いたことだけは、はっきりと覚えている。

【修学旅行の夜、僕の目の前で、早川愛梨が死亡した】

第六章

目的地である京都へ向かうため、僕ら二年生は朝早くから新下関駅に集まっていた。お土産コーナーやうどん屋など様々なお店のある構内には、生徒たちが集まってもなお余りある広いスペースがある。僕たちはそこに班ごとに並んでいた。

「いよいよ出発だね～！」

「そうだね」

「ちゃんと私が選んであげた服を着てくれて嬉しい！　すっごく似合ってるよ！」

「ありがとう」

意気揚々とはしゃぐ彼女の横で、僕は精一杯微笑んでみせた。しかし僕の笑みは彼女のそれには遠く及ばないどころか、いつにも増して暗かったらしい。

そのせいか、「どうしたの？」と至近距離で僕の顔を覗き込んできた。血色が悪いのを隠すためだろうか、彼女が化粧をしているのがわかった。

「どうしたのって？」

「公平くん顔色悪くない？　もしかして睡眠不足？」

「……そうかもね。どこかの誰かさんが寝る直前まで電話ではしゃいでいたからね」

「ぎくっ」

彼女はバツが悪そうに僕から目をそらした。

もちろん、いつも以上に僕が暗いのは彼女のせいなどではない。

【修学旅行の夜、僕の目の前で、早川愛梨が死亡した】

僕の鞄《かばん》には、そう書かれた一冊のノートが今も入っている。

修学旅行は二泊三日、つまり今日か明日の夜に、彼女は――。

そんな状況を前に、いつも通りでいられるはずもない。できる限り明るく振る舞おうにも、頭の中央に受け入れたくない未来が堂々と居座っている。

それでも、僕は可能な限り笑顔を絶やさないことにした。自分がそういうキャラではないとわかっていても、そうするほかなかった。

彼女がこの旅行中に亡くなってしまうと悟られてはいけない。彼女はずっと修学旅行を楽しみにしていたのだから、もうこの場所に帰ってくることはないと、旅行が終わるまで生きていられないと知らせるのはあまりにも残酷だ。

だから僕は笑わなくてはいけない。

「君と修学旅行をともにするのが楽しみで眠れなかったんだ」

「それ本気？　それとも冗談？」

目をそらした彼女がこちらを向いた。

「どっちだと思う？」

「本気に決まってる。なんたって公平くんは私のことが大好きだからね」

「何それ。まあ、そういうことにしておいてあげるよ」

「もう、素直じゃないねー公平くんは」

顔を見合わせながらふたりでくすくすと笑った。

その後修学旅行について学年主任からいくつか説明を聞かされ、僕たちは新幹線に乗り込んだ。

「お、俺たちの席はここだな」

たかしが四人掛けの席に我先にと座る。次いで僕もその横に座った。

「とりあえずトランプでもやろっか！」

「そうだね、この前の決着をつけようか」

京都に着くまでの間、僕らはトランプや絵しりとりで時間を過ごすことにした。周りの班も似たようなもので、時折他の班の人が参加したり、逆にたかしがどこかへふらっと行ってしまうこともあった。

その間も僕は笑みを絶やさなかった。もちろん、とても上手とは言えない不器用な笑顔だけど。それでも、僕が笑うと彼女も笑ってくれた。それで十分だった。

今朝、あの予知夢を見た時、僕は一つ心に決めていた。

この修学旅行は楽しもう、と。

本当は彼女が死ぬなんて認めたくない。考えるだけで胸が苦しくなって、息が詰まりそうになる。今からでも病院に行ってほしいくらいだ。

だけど、もし僕がその感情に素直になって、いつもよりずっと暗い顔をすれば、彼女は必要以上に僕を気遣うだろう。それだけは避けたい。

僕は彼女の人生最後の日を、最高の日にしてあげなければいけない。それが、彼女の最期を知っている者の務めだ。

できるだけ不安を忘れられるよう、いつも以上に彼女と多くの言葉を交わした。いつも以上に明るく振る舞ってみせた。

「公平くん今日はよく笑うね」

「僕だって楽しい時は笑うよ」

「……そっか、そうだよね」

気のせいか、彼女の笑みに陰りが見えたような気がした。体が限界に近いのだろうか。はしゃぎながらも彼女はたびたび咳をしている。

「大丈夫？　着くまで時間あるし、少し寝た方がいいんじゃ……」

「ううん、いいの。せっかくの修学旅行だから、一分一秒も無駄にしたくないの」

「……わかった」

ゲームの最中、時折彼女の手が触れることがあった。その手は、以前僕が感じた時よりさらに冷たくなっていた。もう命の熱がそこにはないような、そんな感覚だった。

それから数時間が経って、僕らは京都の地に着いた。

初日は学年全体での行動となっており、清水寺《きよみずでら》、金閣寺《きんかくじ》、八坂神社《やさかじんじゃ》などを中心に巡る。近場まではバスが出て、そこからは徒歩だ。

僕たち四人はいつものようにお気楽なノリで京都を見学して回った。

清水寺では「絶景！　でもここから落ちたら痛そう！」と騒ぐ彼女に「痛いじゃ済まないよ。骨が折れる」とツッコミを入れ、それに対し彼女も「いやいや、死ぬって普通に！」とツッコんできた。

金閣寺も八坂神社も概ね同じようなノリだった。

ただ、彼女は神社で何かをお祈りしたらしく、その時ばかりはえらく真面目な表情を見せていた。

「何を祈ったの？」

「秘密！　って言うのがセオリーなんだろうけど、私は太っ腹なので教えちゃいます」

「うん、教えて」

「すばり、公平くんが小説家になれる未来を祈りました」

「嬉しいけど、なんだか反応に困るね。それじゃあ僕も何か祈ってくるよ」

お返しと言わんばかりに今度は僕も祈ることにした。

――どうか、彼女が生きられますように。

「公平くんは何を祈ったの？」

「秘密」

「え、私は教えたのに」

「僕は君と違ってお腹が太くないからね」

「私のことデブって言いたいの？」

彼女は手のひらで自分のお腹を叩きながら不服そうに頬を膨《ふく》らませた。

「まあいいもーん。公平くんが何をお祈りしたかなんて大体わかるし。どうせお返しにとか言って、私のことを願ってるんでしょ」

図星だった。ただ、認めるのは少しばかり悔しいので「どうだろうね」と誤魔化すことにした。それすらも彼女には見透《みす》かされているだろうけど。

「ところでさ、君は神様って信じてる？」

神様を祀《まつ》っている場所でこんな会話をするのは少々罰当たりかもしれないけれど、ふと興味が湧いた。

「んー。私は信じてないよ。だってこの世界って理不尽《りふじん》じゃん。もし神様が頑張っている人やいい人を応援してくれるっていうなら、努力が報われずに挫折《ざせつ》する人なんていないからね」

病気が判明してからそういったことを考える機会があったのだろう、彼女の答えは至って真面目だった。

「公平くんはどう思う?」

「同意見かな。僕は予知夢を見るから、運命とか死後の世界みたいなオカルト的なことは多少肯定的に捉えているけど、でも神様は信じてない。もし存在していたら、君の言うようにいい人が苦しむはずがないから」

「うわ、めっちゃ語るじゃん」

「君が語らせたんでしょ」

「あはは、ごめんごめん」

彼女は咳をしながら笑った。

そう、この世界に神様はいない。いたとしても、救いを与えてくれるような、人間に都合のいい存在ではない。

もし神様が善人を応援するというのであれば、彼女がこうして咳をすることも、顔色を隠すために化粧をすることもなかったはずだ。今日だって、彼女は気丈に振舞っているものの時折立ち止まっては呼吸を整えていた。

彼女の言う通り、この世界は理不尽だ。生まれた瞬間から容姿や才覚、親に恵まれて幸せに生きる人もいれば、その反対の人もいる。

人間は平等ではないし、善人が報われるとも、努力が報われるとも限らない。

だから僕は神様を信じない。信じたらきっと、憎んでしまうから。

「もう一つ訊いていいかな」

「なーに？」

「君は神様を信じていないのなら、どうしてお祈りしたの？」

「うーん、別に神様に祈ったわけじゃないよ？　私はただ、そうなってほしいと思うことがあったから、色んな人がお祈りするこの場所で同じように祈ってみただけ。わざわざ神社に来なくても、私は普段からずっと公平くんが幸せになればいいなって思ってるよ」

「そっか、ありがとう」

どうしてだろうか。僕に幸せになってほしいという、一見お世辞にも聞こえる言葉も、彼女の口から発せられた時に限って嘘偽《うそいつわ》りのない真実として受け入れられる。

「うむ、公平くん、君は幸せになるのじゃよ」

「それ誰の真似？」

「私の中の神様像だよ。神様ってなんかおじいちゃんっぽいイメージがあるんだよね。こう、白い髭《ひげ》が生えてて、ほっほっほって笑いそうな感じ」

「あー、なんとなくわかるかも」

「でしょ？」

そんな会話を最後に八坂神社を後にした。

その後の京都観光も似たようなものだった。僕と彼女が軽口を言い合い、そのたびに彼女が涙を浮かべて咳をする。

おそらく歩行が肺や心臓に悪影響を及ぼすのだろう。頑《かたく》なに表情に出さないだけで、彼女は無理をし続けている。

「背中貸すよ、乗って」

日が沈んでいくにつれ苦しそうにする彼女を放っておけなくなり、僕は彼女を背負って歩くことにした。建前上《たてまえ》は「君に人力車気分を体験させてあげる」として。

「重い？」

「軽いね」

「あらやだ、本当？」

本当だ。しかし決していい意味ではない。

僕は男の中でも運動神経が悪い方だ。大病を患った彼女と競歩で互角なくらいだし。そんな僕でも簡単に背負えてしまうほど、彼女は軽かった。文字通り病的に。

ホテルに戻るまで僕はずっと彼女をおぶっていた。

あまり周囲の目を気にしなくなったとはいえ、たかしや佐藤さん、周りの生徒に茶化されるのはさすがに少しばかり恥ずかしかった。だけど上にいる彼女が「いえーい」なんて言って楽しそうにしていたので我慢することにした。

そうして京都巡りを終えた僕たちはホテルに戻ってきた。

これからホテル内のレストランで夕飯を食べてお風呂に入り、その後は消灯時間である午後十時までは自由時間となっている。

……彼女が死ぬのは修学旅行の夜。今日か明日だ。もうすぐ運命の時が来てしまう。

予知の中で僕らは薄暗い部屋にふたりきりでいた。夜中に会うなんて彼女好みの状況から推察するに、誘いを持ち掛けてくるのは彼女の方からだろう。

けれど夕飯後も自由時間の際も彼女からそういった話を切り出されることはなく、消灯時間ギリギリまで遊んで解散となった。携帯にもとくに変わったメッセージは届いていない。

ふたり部屋のベッドで仰向けになりながら、修学旅行の一日目が何事もなく終わろうとしていることに安堵した。同時に、運命の日が明日の夜であると確定したことへの不安も湧き上がる。

隣のベッドではパジャマに着替えたたかしが「公平と泊まりなんて初めてかもな」と楽しげに言っている。大切な友人と過ごす貴重な時間だというのに、頭の中はそれどころではなかった。

たかしも、佐藤さんも、そして早川さん自身も知らない。

明日彼女が死ぬことを、僕だけが知っている。

「……そろそろ寝ようか」

「だな」

電気を消し、これ以上は何も考えないようにと布団に埋もれた。僕は修学旅行を楽しむのだと、最後まで彼女を笑顔でいさせるのだと心に決めたのだから、その使命をまっとうしなくてはならない。

目を瞑り、頭の中で騒ぎ続ける不安と戦いながら眠りに就いた。


翌朝八時、準備を済ませた僕とたかしはホテルのエントランスに向かった。

早川さんらの姿を捜そうとするも、それよりも早く、もう随分と聞き慣れた咳の音が耳に飛び込んできたことでふたりを見つけた。

「おはようふたりとも。私たちも来たばっかりだよ」

「おはよう。早いんだね」

平静を装って挨拶を交わす僕の声に応えたのは、佐藤さんだけだった。

早川さんも何かを言おうとして、けれど、苦しいのか声が出せないようだった。もはや顔色の悪さは化粧でも隠しきれていない。

その様子は、予知した未来が確実に訪れるのだと告げているようで、悪寒《おかん》とともに背筋が凍り付く。

「……大丈夫、じゃなさそうだね」

「愛梨、昨日からずっと具合悪そうだったからね。自由行動だし、工藤くんたちさえ良かったら今日はホテルでゆっくりしない？」

僕の呼びかけに答えたのはまたも佐藤さんだった。

「佐藤さんはいいの？　あんなに渡月橋に行きたがってたのに」

「愛梨の方がずっと大事だよ」

「そっか、じゃあ今日はゆっくりしよう。たかしは？」

「俺もいいぞ。そもそも俺京都に興味ないし。四人で話せればそれで十分」

「決まりだね。私は今からお菓子とか色々買いに行く予定だけど、誰かついてきてくれない？」

「あ、なら俺行くわ。公平は愛梨の様子を見てやっててほしい」

「わかった。先生には僕の方から事情を説明しておくよ」

それじゃあと、佐藤さんとたかしが歩き出した。ふたりの後ろ姿が見えなくなって、僕が早川さんの方へ顔を向けると、そこで今日初めて彼女が口を開いた。

「……公平くん」

「喋って平気なの？　見るからに体調が悪そうだけど」

「いつもみたく声を張って喋ると苦しくなるけど、まだ大丈夫。それより――」

彼女はおもむろに手のひらをこちらへ伸ばしてきた。

「んっ！」

「え？」

彼女の意図がわからず、つい小首を傾げる。

「予知ノート、見せて」

……どうしてよりにもよってこのタイミングでそんなことを。

「もー、隠し通せるとでも思ってたの？」

彼女はいつものような、否、いつもより少しだけ深刻さを孕《はら》んだ笑みを浮かべた。

体調に反する声色は無理をして出していたのか、体からそれを咎められるように彼女はまた咳込んだ。

「……あんまり大きな声出しちゃダメだよ」

「ごめんごめん。つい癖でね。それより、ほら、早く」

「ノートを見たい理由を先に訊いてもいい？」

「昨日から公平くんの様子がおかしいからです」

「気のせいじゃないかな」

僕にしては珍しくいつもよりも渋ってみせると、次第に彼女の笑顔が薄れていった。

その表情の変化を見て、今の対応が悪手だったのだと悟る。

そう、この期に及んで彼女相手に隠し通せるはずがなかったのだ。

「公平くんが無理して明るく振る舞ってるの、気付いてないとでも思った？　新幹線の時からずっと。他にも、急に私をおんぶするとか、普段の公平くんなら絶対にしないようなことしてたし。あれって私に歩かせないためだよね？」

一から十まで言い当てられてしまった。つくづく、彼女は勘が鋭いと思う。

「私に何か隠してるでしょ」

「ごめん」

「ここまで来て隠し事はダメだよ。私、ノートに何が書いてあっても受け入れるから」

彼女はいつもように「ほーら、返事は？」と再度手を出してきた。

「……わかった」

観念《かんねん》してリュックから予知ノートを取り出した。

彼女はすぐにノートをめくり、書かれている内容に目を通す。

「そっか、今日なんだね」

意外にも彼女の反応はあっさりしていた。

「まあ、ずっと体調悪かったからそんな気はしてたけどね。今日だってさすがに歩き回れる体力はないし……。観光できないのは残念だけど、これはこれでいい思い出だよ」

「……どうしてそんなに冷静でいられるの？」

「うーん。そもそも手遅れだって発覚したのが一年前だったからね。覚悟というか、受け入れるだけの期間があったんだと思う。それに、前も言ったけど私はいつ死んでも幸せでしたって胸を張れるように生きているから、それが今日でも例外じゃないよ」

「……そっか」

「だから変に私を気遣っちゃダメ。私はありのままの公平くんと過ごすのが一番楽しいの」

「わかったよ」

僕は馬鹿だ。彼女を楽しませようとしたつもりが裏目に出ていたなんて。

「あ、そうだ公平くん」

「なに？」

「今日の夜十二時に私の部屋に集合ね。部屋番号は後でメッセージで送るから」

「それは――」

それは紛れもなく、最後の瞬間を迎えるための約束だった。

彼女の言う通りにそこへ向かえば、それが彼女と話す最後の時間となる。

「……これじゃあ自分から予知に向かって進んでいるみたいじゃないか」

「そうだよ。言ったでしょ？　正々堂々と未来を変えるって。だから私は予知から逃げない」

とうに覚悟を決めていたと言わんばかりに、彼女の目は本気だった。

夜に僕と会わないようにするわけでも、小細工を弄《ろう》するわけでもなく、彼女は予知の通りに僕と会ったうえで、意志の力をもって未来を変えるつもりなのだ。

「……そっか、そうだね」

ここまで来て尻込《しりご》みしていた自分の情けなさを痛感した。彼女はいつだって僕を激励してくれる。

僕も彼女のように覚悟を決めなければいけない。

二学期明けに見た、彼女が死ぬという予知。それが今日起こる。

きっと僕は悲しむだろう、傷つくだろう。

そうならないために彼女を避けようとしたこともあった。けれど関わっていくうちに、僕はいつの間にか彼女と仲良くなりたいと思うようになっていた。もっと彼女を知りたいと思うようになっていた。

僕は早川さんのことが好きだ。

いつも胸を張っていて、無邪気に笑う彼女が心の底から大好きだ。

僕も彼女のようになりたい。胸を張って強く生きたい。

そのためには、運命を避けて通ることはできない。

「……わかった。零時ちょうどに君の部屋に行くよ」

僕も覚悟を決めた。人生で初めて好きになった人を見送り、同時に初めての失恋をするという、その覚悟を。

「ありがとう。待ってるね」

彼女はいつものように明るく笑ってくれた。

それから僕らはホテル内でお菓子を食べつつトランプや雑談を楽しんだ。これはこれでいい思い出になると言った彼女の言葉は正しく、観光をしない修学旅行というのも悪くないものだと思えた。それもこの班のメンバーだからこそだろう。

しかし、楽しい時間というのはあっという間に終わりを告げる。

日が暮れてきた頃、ちらほらと生徒たちがホテルに戻ってきたのか、隣の部屋から騒がしい声が聞えてきた。それを機に僕らは一度各部屋に戻り、しばらくして学年全体で夕食をとった。

食べ終わって部屋に戻ると、彼女からのメッセージが届いた。

【二〇五号室だよ。夜中に密会って悪いことをしているみたいでわくわくするね】

【しているみたいじゃない、悪いことだよ。異性の部屋に行くのは禁止だよ】

【じゃあ来てくれないの？】

【いいや、行くよ。寝ないで待ってて】

【うぇーい】

不思議と僕は落ち着いていた。

その時を前にするともっと動揺するものかと思っていたのに、彼女を見送るのだと覚悟を決めた途端、心の波が収まった。

消灯時間を迎え、しばらくして隣からいびきが聞こえてきたのを確認して、そっと布団を抜け出す。

時刻は零時手前。

物音を立てないよう細心の注意を払ってドアを開け、彼女のいる部屋まで向かった。指の背で軽くドアをノックすると、扉の前で待ちかまえていた彼女がすぐさまドアが開いてくれた。

「いらっしゃい。早く入って……！」

小声の彼女に促されるまま僕は彼女の部屋に忍び込んだ。

「佐藤さんは？」

「気を利かせて他の子の部屋に行ってくれたよ。さ、座って座って」

ドアの隙間から光が漏れないよう部屋の電気を落とし、彼女は枕元の明かりだけをつけた。薄暗い空間、予知で見た通りの状況だった。至近距離にいてようやく互いの表情が確認できる。

僕らは隣り合うようベッドに腰かけた。肩と肩が触れ合う距離にいるというのに、彼女からはほとんど体温を感じない。

「いやぁ、これから死ぬって不思議な気分だねー」

「それを言われるとなんて答えればいいかわからなくなる」

「ああは、ごめんごめん。ここまでよく頑張ってくれたよね、私の心臓さん」

「それもちょっと困るかな。ごめんね、僕は小説を書いていたくせに気の利いた返しが苦手なんだ」

「じゃあいつもみたく他愛のない話でもしよっか。それと忘れないでね？　私が公平くんに好きって言わなかったらちゃんとまた小説を書くんだよ？」

「わかってるよ」

そう言うと、彼女はいつもの調子で一方的に話し始めた。

「この前見た映画がね、物語の最後で全部ひっくり返っちゃうような構成でね、公平くんも気に入ると思うから今度観にいって！」

「そうだね。考えておくよ」

「あとね、公平くんはもっとたくさんご飯を食べるべきだよ。ごぼうみたいに細いじゃん！」

「……善処するよ」

「それからそれから――」

「ねえ」

まくしたてるように話す彼女の言葉を遮って、僕は小さく声を発した。

「どうしたの？」

「君は今朝、ここまできて隠し事はダメって言ったよね」

「うん」

「それ、僕も今同じことを言わせてほしい」

僕は彼女の手を取った。

それは冷たい彼女の手であり、そして、弱々しく震えている彼女の手でもあった。

以前、佐藤さんが言っていた。ここ一年で、早川さんの元気の質が変わったと、ぼんやりとした違和感があるのだと。

その違和感が何か、僕はたった今はっきりと理解した。

「君は嘘をついている。最後の最後くらい、本音を話してほしい」

「……ダメだよ。私はね、最後の最後まで胸を張っていたいんだ」

「もし君が嘘をついたままいなくなったら……本当の君を知らないまま見送ってしまったら、僕は後悔する。今度こそ胸を張れなくなってしまう。だから、話してほしいんだ」

その言葉に返事はなかった。深く考え込んでいるのだろう。会話が途切れ、無言の時間が長く続くほどに。

彼女が再び言葉を発するまで、真実の言葉を発するまで僕らに会話はなかった。

それは五分だったかもしれない。あるいは十分だったかもしれない。

いくらかの時間が経った頃、彼女はようやく、本音を口にした。

「……本当は、死にたくない」

彼女の頬を、一筋の涙が伝っていくのがわかった。

「パティシエになりたかった。二十歳になったらお酒を飲んでみたかった。もっと色んなところに旅行に行きたかった……」

……佐藤さんが感じていた違和感は、これだったんだ。

彼女はずっと胸を張っていた。けれど、完全に死を受け止めていたわけではなかったのだ。

「もっと、もっと、色んなことをしたかった。真奈美と一緒にお買い物にいったり、成人式で可愛い着物を着たり、いっぱい、やりたいことがあったんだよ……」

「……うん」

「たくさん色んなことをして、それで……」

「………うん」

「もっと、もっと、もっと――」

涙をこぼしながら、

「――もっと、公平くんと……一緒にいたかった」

彼女はそう言った。

……僕は、何も言えなかった。言葉が出てこなかった。

室内は薄明かりが灯《とも》っていて、さっきまではかろうじて彼女の表情が確認できていた。だというのに、何故だろう。彼女の言葉を聞いているうちに、視界がぼやけてきて、彼女の顔が見えなくなってしまった。熱い何かが頬を伝って、風邪でもないのに鼻水が止まらない。

「もっと、もっと公平くんと話したいよ……」

彼女が弱々しく僕の服を掴んだのを境に、僕は彼女を抱きしめた。そうせずにはいられなかった。もう、涙が止まらなかった。

「僕も、僕ももっと君と一緒にいたい……。僕は君のことが好きだ。大好きだ……」

「……うん」

彼女は泣きながら笑って、僕の胸に顔をうずめてきた。僕はただ、彼女の頭を撫で続けた。すすり泣く彼女を、僕も同じように泣きながら、ずっと。

「公平くん……ごめんね。散々公平くんに胸を張れなんて言ったのに、こんな……こんなみっともない姿を、見せちゃって……」

強く彼女を抱きしめた。

少しもみっともなくなんかない。絶対に。

「……確かに、本当の君は死に怯《おび》えていたのかもしれない。じゃあ、君が僕や佐藤さんと過ごした時間は全て無駄だった？　楽しくなかった？」

そんなわけがないと、彼女は首を振った。

「じゃあ君は十分に胸を張れてるよ」

確かに彼女は自分に嘘をついていた。だけど彼女が僕たちとの時間を楽しんでいたのは本当のことだ。みんなで遊びにいったのも、寝落ち通話をしたのも、僕に胸を張れと笑ったのも、全て彼女の本心だ。

なら、彼女は精一杯胸を張っていたと言える。

胸を張って生きることと、死にたくないと思うことは決して矛盾《むじゅん》しない。

僕だって彼女と関わりたくないと思いながらも、同時に彼女と仲良くなりたいと思っていた。どちらも僕の本心で、僕はそれが矛盾だとは思っていない。

「僕が保証する。君は、最後の最後まで胸を張って生きていたと」

「……そっか、良かった」

彼女は小さく笑って目を閉じる。僕はずっと彼女を抱きしめ続けた。

どのくらいの時間そうしていたかはわからない。

きっと何時間でも、何十時間でも、どれだけの時間そうしていても僕たちには足りないだろう。何百時間あっても、今の僕たちにはそれが瞬きほどの刹那《せつな》にしか感じられない。

そのくらい、あっという間だった——その時が来るのは。

僕に縋《すが》りついたまま、彼女がひと際大きな咳をした。止まることもなく幾度も。

それが、別れの合図だった。

必至に息を吸っても酸素が回らないのか、苦しそうに彼女が僕の服をぎゅっと握りしめる。

「待ってて、今誰か呼んでくるから」

「だめ、待って……！」

けれど、そんな状態でも、彼女はまだ言葉を紡《つむ》ごうとした。

「お願いがあるの……」

「なに？」

「膝枕《ひざまくら》、してほしいの。どこにも行かないで……ずっと傍《そば》に居てほしい……」

「……わかった」

言われるがまま彼女を膝の上に寝かせると、彼女は小さく笑ってくれた。

「ありがと……それとね……どうしても、公平くんに言いたいことがあるんだ」

「……なに？」

「今から言うのはね、私が一番好きな小説の……一番好きな台詞。私はただ台詞を言うだけだから……勘違いしちゃだめだよ……？」

――まさか。

ダメだ、それ以上は――。

彼女は何度も苦しそうに息を吸って、それから太陽のように明るく笑ってみせた。

「私は、君のことが好き」

それはまさに、僕が以前夢で見た光景そのものだった。

「……ダメだよ、それは、それだけは言わないって約束だったじゃないか……」

「台詞を言っただけだもん……。だから、ちゃんと小説……書いてね」

そんなの、そんなの反則だ。

それじゃあ運命に抗ったことにはならない。そんなのじゃ納得できない。

どんな形であれ、それを言ってしまったら予知の通りじゃないか。

ダメだ、と僕は口にしようとした。それでは納得できないと。

けれど開いた僕の口を、彼女の手が覆った。

そして彼女は、いつものように、僕にこう言う。

「……ほら、返事は？」

震える声で、涙を湛えながら、彼女は不安げに僕の顔を見上げた。

彼女はずるい人だ。

そんな顔で、そんなことを言われたら――。

「……わかった」

こう言うしか、ないじゃないか。

そのひと言を聞き届けた彼女は満足そうに微笑んだ。

「よかった……約束だからね……」

「……うん」

僕はもう一度、彼女の頭を撫でた。

彼女は微笑んだままゆっくりと目を閉じる。眠りに就くように安らかに。

「おやすみ早川さん。君と出会えて、本当によかった」

ぎゅっと彼女の手を握って僕はそう囁《ささや》く。

そして彼女は眠りに就いた。

二度と目を覚ますことは、なかった。

第七章

彼女の葬儀は滞りなく行われた。

多くの人が訪れ涙を流し、誰もが彼女の死を嘆き悲しんだ。

そんな中で、僕だけは涙を流さなかった。悲しいとすら感じなかった。感じられなかった。心に穴が空いたような虚無感《きょむ》が襲い、何もかもがその穴からこぼれ落ちてしまった。

修学旅行から二週間。あれから、僕は学校に行っていない。

何をするでもなく、自室のベッドでただぼんやりと天井を眺める日々。もう何日も、こうして無為《むい》に時間を消費している。

このままではダメだと頭ではわかっているのに、どうしても体が思うように動かなかった。食事だってろくに喉《のど》を通ってくれない。

きっと僕は、自分で思っているよりもずっと、彼女の死に傷ついているのだろう。

あの夜、彼女を看取《みと》ってしばらくしてから、僕は教員たちに彼女の死を知らせた。

異性の部屋へ行ってはならないという規則を破った僕が咎められることはなかった。

あの時の僕の顔を見て、全てを察してくれたのだと思う。

『部屋で休んでていい』

そう促されるまま僕は部屋に戻った。

教員の配慮もあり、彼女の死は修学旅行が終わるまで他の生徒たちには伏せられていた。

通夜も葬儀も、全て地元に戻ってきてからのことだ。

葬儀で涙を流したクラスメイトたちは、どうやら悲しみながらもきちんと学校に通っているらしい。打ちのめされてもなお、彼らは胸を張って生きている。どこかの小説家志望とは大違いだ。

もちろん、僕だってやれることはやろうとしたつもりだ。

また小説を書くという、最後に交わした約束を果たすためにペンを握りもした。でも、一文字たりとも続きを書くことができなかった。

【私は、君のことが好き】

その台詞の続きを、彼女が口にした台詞の続きを、どうしても書けなかった。

物語に登場する女の子を彼女に重ね合わせてしまって、最期のシーンを描くことに耐えられなかった。

今の僕は、胸を張って生きるという彼女の信条とは対極の位置にいる。

時計に目を移すと時刻は夕方の五時を回っていた。今頃みんな家に帰っているだろうか。

インターホンが鳴ったのはそんなことを考えていた時だった。母が対応し、やがて「公平、お友達が来てくれたよ」と部屋の前で僕を呼ぶ声が聞こえた。

「ごめん、今は人と話したい気分じゃないから申し訳ないけど帰ってもらって……」

思えば、母さんとすらろくに顔を合わせていない気がする。

「いや、私は帰らないよ」

突然、そんな声とともにノックもなくドアが開けられた。

そこにいたのは、佐藤さんだった。

「すみませんお母さん、少し彼とふたりで話をさせてもらってもいいですか」

「もちろん。ゆっくりしていってね」

「ありがとうございます」

母さんがリビングに戻っていくのを一瞥《いちべつ》してから佐藤さんはそっとドアを閉める。

「……工藤くん、瘦《や》せたね」

「……うん」

重い体をなんとか起こし、佐藤さんと向かい合った。家族以外と会話をするのは実に二週間ぶりだった。

「無理矢理入ってきてごめん。こうでもしなきゃ話せないと思って」

「ううん、いいんだ。無理矢理じゃなきゃ僕はずっとこのままだったと思うから……」

佐藤さんは僕の部屋を見まわした。修学旅行に着ていった服は帰ってきてから床に脱ぎ捨てられたままで、すっかりしわだらけになっている。まだ日も高いのにカーテンは閉められ、母さんが運んでくれた昼食は机の上で食品サンプルのように綺麗なまま残っている。

それらを確認してから「……そうだろうね」と佐藤さんは納得したように言った。

「私本当は怒るつもりでここに来たの。工藤くん、前に愛梨の変化について心当たりがないって言ってたけど、本当は愛梨がずっと病気なの知ってたんだよね？　私もあれから色々あってさ、あの時工藤くんが嘘をついてたってわかったの。だからガツンと言うつもりだった」

佐藤さんは僕の傍まで来て、ベッドの縁《ふち》に腰かけた。

「でも、気が変わった。こんなみっともない姿になってたら怒るに怒れないよ」

「……ごめん」

「いいよ。今の工藤くんを見て、今までどんな思いであの子と関わっていたのかがよくわかったから。ちゃんと愛梨の死を悲しんでくれているなら今はそれでいい」

そう言って彼女は優しく微笑んだ。

どうして許せるのだろう。

どうして笑えるのだろう。

佐藤さんは彼女の親友だ。僕なんかよりもずっと多くの時間を彼女と過ごしている。

僕よりも深く傷ついているはずだ。だというのに、親友を失ってもなお、佐藤さんは胸を張って生きているように見える。

「……佐藤さんは凄いね」

「ううん、私はちっとも凄くなんかない。凄いのは愛梨だよ」

「どういうこと？」

「たぶん、愛梨はこうなることがわかっていたんだと思う」

佐藤さんの言葉の意味が僕にはいまいち理解できなかった。

「今週の土曜日空いてる？　私が何を言いたいかきっとその日にわかるから。でも体調が悪かったら無理はしなくていいからね。工藤くんが外に出られるようになるまで待つからさ」

「どこかに出かけるの？」

「あれ、てっきり愛梨から聞いてると思ってたけど。もしかして忘れてる？　タワーだよ、ゆめタワー」

「――あ」

佐藤さんが口にしたそのひと言で、生前彼女が言っていたことを思い出した。

『――公平くんにも関係のある何かを残してきたから、いつか見に来てね』

そうだ、修学旅行に行く前日、彼女はあそこで何かをしていた。

「思い出した？　焦らなくていいから、工藤くんが元気になったタイミングでいいよ」

「……大丈夫、行くよ。行かなくちゃいけない」

胸を張って生きると約束した僕がここでも逃げてしまったら、本当にもう二度と前を向けなくなってしまう。

「わかった。じゃあ土曜日、駅で待ってるね」

「うん」


約束の日、下関駅で佐藤さんと合流した僕はゆめタワーを目指した。

今年ここに来るのはこれで三回目になる。

三十階展望室まで上がった僕たちはそこから景色を楽しむこともなく一直線に階段を下りた。二十八階、恋人の聖地へ行くために。

「ここだよ」

佐藤さんに案内されたのは絵馬を奉納《ほうのう》するコーナーだった。家族や友人との良縁《りょうえん》を願う観光客たちによって数多《あまた》の絵馬がぶら下げられている。

そこから佐藤さんは何も言わなかった。後は自分で探せということらしい。

膨大《ぼうだい》な数の絵馬を一枚一枚、余すことなく目を通していく。

好きな人と結ばれますように。家族がいつまでも元気でいられますように。ここにはそういった願いが多く託されている。

しかし、その中で明らかに場違いな、異彩を放っている絵馬があった。

【私の机を探して！　学校の机ね！　返事は!?】

書いた人間の名前も、誰に宛てたものかも不明。だというのに、ひと目でそれが彼女の残したものだとわかった。

「……行こう」

ただそこに書かれていることに従うことにした。

僕たちはすぐに学校に向かった。幸いにも職員室には休日にもかかわらず出勤している勤勉な先生がいて、事情を話すと快く教室の鍵を貸してくれた。

教室のドアを開けるとすぐに彼女の席が目に入った。机の上には花瓶《かびん》が置かれており、彼女がもう、教室だけでなくこの世界にいないという現実を僕に突き付けてくる。

たったそれだけで、教室に踏み込む勇気を削《そ》ぎ落とされそうになった。でも行かなくてはいけない。そこに何かがあるのなら。

重い足取りながらも、僕は一歩ずつ机に近付いていく。距離にして僅か数メートルの道のりが途方もなく遠く感じられた。

いつも彼女が笑っていた席。いつも彼女が賑やかにしていた教室。それらが今は静寂に包まれていた。それが恐ろしかった。

ようやく彼女の机に触れると、おもむろに中を覗き込んだ。しかし引き出しには何も入っていない。彼女に言われた何かを探し求める僕の手は空回りした。

ふふ、と乾いた笑いがこぼれてくる。

考えてみれば、あの悪戯《いたずら》好きな彼女がこんなわかりやすいところに隠すわけがない。

彼女が隠す場所といったら……。

机の天板、その裏に手を伸ばした時、すぐにそれは見つかった。

見れば、ビニールに入った二冊のノートが天板に貼り付けられていた。

すぐにそれを取り出して中身を確認する。

一冊は以前僕が書いていた小説だった。続きを書こうにもあまり内容を覚えていなかったから、これが手元に帰ってくるのはありがたい。

もう一冊のノートは、彼女の日記のようなものだった。そういえば以前、彼女が日記を書いていると言っていた記憶がある。

「佐藤さんはもうこれを読んだの？」

「……読んだよ。私も前に愛梨からゆめタワーに来るよう伝えられていたからさ。読んでまたそこに戻したの」

「僕の小説も？」

「うん、ごめん。でもおかげで全てわかった」

何がわかったのか、それは訊かなかった。この日記を読めばわかるのだろう。

「ここで読んでもいい？」

「……うん、もちろん」

頷く佐藤さんの声は、震えていた。

あえてそれに気付かないフリをして、まずは自分の作品を読み返した。久しぶりに読んでみると、まさに黒歴史と呼ぶに相応《ふさわ》しいような、稚拙《ちせつ》な出来だった。

けれど一文だけ、どうしても目を引く文章があった。

次に彼女の日記をめくる。記述は一年前の五月から始められていた。

五月二十日
今日から日記をつけようと思う。彼と交わした会話を忘れないために。
まだ自分の病気を受け入れられていないけど、それでも少しだけ前を向いてみようと思った。
私も彼のような立派な人になりたい。

五月二十一日
今日は涙が出なかった。今まで毎日泣いていたのに。
きっと彼のおかげだと思う。名前くらい聞いておけばよかった。

五月二十二日
真奈美が彼と同じクラスらしいから名前を聞いてみたら、彼の名前は工藤公平くんっていうらしい。私は彼と仲良くなりたい！

そこまで読んで、僕は自身の記憶を呼び起こすために手を止めた。

彼女の日記には僕の名前と、そして僕と会話したことがきっかけで日記をつけるようになった旨《むね》が記されていた。

僕の記憶に間違いがなければ、クラスが同じになる前の彼女と話をしたのは一年生の時に一度きり。それがここに書かれている「彼との会話」にあたるのだろうか。

しかし彼女との会話がいまいち記憶になかった。思い出せそうで、けれど思い出せないような、気持ちの悪い曖昧な感覚。

再び日記に目を通す。読んでいるうちに思い出せるかもしれない。

六月十七日
例の彼がごみ箱にノートを捨てているところを目撃した。
申し訳ないなーって思いながらもこっそり回収しちゃった。私ストーカーの才能あるかも（笑）。

読んでみたらびっくり！　小説だった！
彼は将来凄い作家になると思う。小説を読んで泣いたのは初めて。
病気にかかったヒロインに自分を重ねていただけかもしれないけど、それでも私はすっごく面白いと思った。こんなに素敵な小説をどうして捨てちゃったんだろう？

彼女の日記には基本日々のちょっとしたことが書かれていたけれど、時折、そういった僕に関する記述があった。そこからしばらくは彼女の何気ない日々の出来事が書かれ、次に僕に関する記述が出てきたのは今年の三月に入ってからだった。

三月二十六日
もうすぐクラス替え。
病気になってから勉強しなくなって、進級も危うかったけどギリセーフ！
彼と同じクラスになれればいいな。ダメ元で先生にお願いしてみようかな？

四月五日
奇跡が起きたかも。本当に彼と同じクラスになれた！
これから仲良くなるぞ！

四月六日
ちょっと困惑してる。今日たまたま彼と話す機会があった。でも、前に話した時とは別人みたいになってた。なんだろう、目が死んでいるって言うのかな。とにかくあの頃とは全然違う。何かあったのかな。小説を捨てたのと関係あるのかな？

五月十四日
彼を遊びに誘ってみたけど断られちゃった。彼はいつもひとりでいようとする。どうして？

七月十九日
もうすぐ夏休みになっちゃう。
せめて連絡先だけでもと思って話しかけてみたけどやっぱり断られちゃった。

七月三十一日
仲良くなれないまま夏休みになっちゃった……。
彼は今頃何をしているんだろう。

九月七日
新学期になって一週間。明日修学旅行の班を決めるみたい。勇気を出して彼を誘ってみたけど、どこか素っ気なかった。
私ってもしかして嫌われているのかな……。

九月八日
よっしゃあ！　強引に同じ班になってやったぜ〜！　ここから仲良くなるぞ！
それと今日は学校帰りに彼と一緒に本屋さんに行った。それとなく小説について聞いてみたら、もう書くのをやめちゃったらしい。
うーん、もったいない！　あんなにいい小説を書けるのに！

九月九日
彼と一緒に出かけられることになった！
騙《だま》すようで気が引けるけど、真奈美とたかしくんに頼んで当日はふたりきりにしてもらうことになった。
この前は小説についてあまり訊けなかったから、ふたりきりでもう少し話す機会が欲しい。あ、でも次こそはちゃんとみんなで出かけたい！

……どうやら彼女は、僕が小説家を諦めたことをずっと気にかけていたらしい。
そこからは僕に関する記述が大部分を占めていた。日付も飛び飛びで、僕と関わった日や僕に関連することしか書かれていない。

九月十八日
どうしよう、服屋さんで公平くんのリュックにノートが入っているのが見えた。もしかしてまた小説を書いているのかな？　なんて思って強引に開いたら、私が死ぬって書いてあった。
偶然？　でも、そんな変なことをわざわざノートに書いて持ち運ぶわけがない。直接会って聞かなきゃ。

九月十九日
びっくりだよ！　予知夢ってほんとにあるんだ！　でも、困ったことになっちゃった。未来は変えられないらしい。私のことはともかく、公平くんが小説家になれないのは嫌だ。
それと、少しショックだった。やっぱり公平くんは初めて話した時と全然違う。あの時の会話も覚えていないみたい。

この一年で私たちは入れ替わるみたいに正反対の考え方になっちゃった。だから決めた。私は公平くんが堂々と胸を張って生きられるようにする。絶対に。私が未来を変えられるって証明してみせる。
色々あったけど今日はいい日だったと思う。公平くんが私との時間を楽しい言ってくれたし！　やったね！

十月二十五日
最近、歩くのがつらくなってきた。少し動くだけですぐに息が上がっちゃう。もうすぐ、なのかも。でもまだダメ。公平くんを変えるまでは。

十月二十七日
苦しい。もう笑うのも、話すのもきつい。でも、みんなに悟られちゃいけない。修学旅行に行けなくなっちゃう。

十一月七日
きっと私はもうすぐ死んじゃうと思う。だからこの日記はもう遺書として扱うことにするね。今日はゆめタワーで絵馬にメッセージも書いたし、公平くんならきっと見つけてくれるって信じてるよ。

公平くん、見てるー？　ほら、返事は？


「……見てるよ」

ぽつりと、呟くように返事をした。

日記だったそれは、僕へ宛てた手紙になっていた。


あのね、公平くんは忘れているかもしれないけどね、実は私たち一年前に話してるんだよ。その時からずっと、私は公平くんと仲良くなりたいと思ってた。

日記にも書いたけど、同じクラスになったのも、同じ班になれた時も、本当の本当に嬉しかったんだ！　家で何度もガッツポーズしたくらい（笑）。

私が死んだ後、真奈美や公平くんにこれを読まれるって思うと恥ずかしいけど、だからこそちゃんと伝えなきゃね。


そこでページは終わって、僕はすぐに次のページをめくった。

そこには彼女らしく、大きな字で堂々と、

公平くん！　大好き！

そう書かれていた。

一年前、公平くんと話して勇気を貰いました。そして公平くんの小説を読んで、私は胸を張って生きようと思いました。隠していたけど、その時から私はずっと公平くんのことが好きでした。

初めてふたりで出かけた時にちょっと話した私の初恋の話、覚えてる？　実はあれ、公平くんのことだったんだよ！

びっくりしたでしょ？　二学期になって公平くんが私に絡《から》まれて困り果ててた頃には、私はもうとっくに公平くんのことが好きだったのです（笑）。

あのね、どうして私が公平くんの小説にこだわるかわかる？

公平くんと、公平くんの小説が私を変えてくれたからだよ。

あの日たまたま公平くんと話せていなかったら、もしかしたら私は自暴自棄になっていたかも。窓から飛び降りようかな、なんて考えていたくらいだもん。まあ残された家族や友達のことを思うとそんな勇気も出なかったんだけどね。

当時の私は本当にどうしていいのかわからなかったの。死ぬまでの間どんな顔で、どんな風に生きればいいのかわからなかった。周りの人が悲しむ姿を想像したらそれだけで嫌になった。

だから私は公平くんに出会えて幸運でした。私が最後の最後まで胸を張って生きられたのは全部公平くんのおかげです。初めて好きになった人が公平くんで本当によかった。

私はね、公平くんにも胸を張って生きてほしいと思ってるの。

公平くんは絶対に小説家になれる。間違いないよ、私が保証する。

きっと公平くんも、あの小説のヒロインみたいに、胸を張って生きられる。


……日記を読む手が止まった。

そこまで読んで、もしかして、やっぱりと、もう一度自分の小説を開いた。

さっき読んだ時にも目を引いた一文、やはりあれは偶然なんかではなかった。

それは作中でヒロインが前を向こうと決意した時の台詞。

どうして僕は、こんなに大事な台詞を忘れてしまっていたのだろう。

【私は胸を張って生きる！】

その台詞は、ずっと、彼女が口にし続けていたことだった。

僕は最初、このヒロインが彼女に似ていると思っていた。だけど、そうじゃない。

そうじゃないんだ。

――彼女の方が、このヒロインに似ていたんだ。

以前彼女が僕にまだ隠し事をしていると、ぼんやりとした違和感を覚えたことがあった。その答えがこれだったんだ。

……ああ、今になってようやく思い出した。

この日記を、この小説を読んでいると、次第に記憶が浮かび上がってくる。

初めて彼女と話したのは、ちょうどこの小説を書いていた時期だった。一年前に彼女と話したことを。

あの日、僕は当時の担任に頼まれていた仕事を引き受けて、たまたま放課後の学校に残っていた。役割は簡単、各教室の施錠《せじょう》をすること。

当時の僕は今よりも少しだけ社交的だった。たかし以外の友人もいたし、放課後には勉強が苦手なクラスメイトたちの面倒を見ていたこともあった。

何より、夢を追う日々は楽しかった。

僕と彼女が出会ったのはそんな時だった。一組から順に施錠していく途中、ひとりで教室に残っている彼女に僕は声をかけた。

「施錠したいんだけど、いいかな」

「……ねえ」

彼女は僕の問いかけを無視して一方的に話しかけてきた。こちらに顔を向けることもなく、夕日の差す教室の窓から空を眺めていた。

「もし家族や恋人が急にいなくなったら、君ならどうする？」

彼女はそんなことを問いかけてきた。

「逆に聞くけど、君はどうするの？」

「私は立ち直れないと思う」

「普通だね」

「だから困ってるの。それで、君だったらどうするの？」

「僕は――」

僕はその当時書いていた小説の台詞を言うことにした。それが当時の僕の価値観でもあったから。

「――僕は、それでも胸を張って生きるよ」

あの頃の僕は胸を張って生きていた。友人がいて、夢があって、充実した日々だったから。それに彼女からの問いかけは当時書いていた作品にも通じるところがあった。

「大切な人が亡くなっても？」

「……亡くなったからこそだよ。持論だけど、僕は死後の世界ってあると思うんだ。亡くなった人はただ僕たちより先のところへ向かうだけだよ。いつかきっと会える。だから再会した時恥ずかしくないように、僕は少しでも胸を張っていたいんだ」

彼女はしばし黙り込んだ。それからしばらくして、

「……じゃあ、どうしたら残された人たちが胸を張って生きられると思う？　たとえば、もし私が死んだとして、どうしたら周りの人が悲しまなくて済むかな」

そう問いかけてきた。きっとその時の僕の答えが、そして後に僕が捨てた小説が全ての始まりだったのだろう。

「なら、君自身が胸を張って最後まで生きればいい。他の人が『自分もそうなりたい』と思うくらい華々しく。もちろん、すぐにみんなが立ち直るとは限らない。だけど、君が胸を張って幸せだったと言ったなら、きっとそれはみんなにも伝わるよ」

その返答に関して、彼女は何も言わなかった。ただ、もう一度空を見上げて、それから初めてこちらへ振り向いた。

「ふふ、何かすっきりした！　ありがと！」

初めて見た彼女の表情は、太陽のような明るい笑顔だった。

「じゃあ施錠よろしくね優等生くん！」

「う、うん」

そうして彼女は笑顔のまま走り去っていった。

それが僕と彼女が一年前に交わした会話。この小説を、この台詞を見なければ、きっと思い出すこともできなかった。

彼女の日記にはまだ続きがあった。

私は公平くんの小説に登場するヒロインみたいに胸を張って生きたいと思った。私が死んでもみんなが大丈夫なように！

でも今年に入って本当にびっくりしたよ。私に元気をくれた張本人がぼけーって魂が抜けたみたいになってたんだもん。だから思ったの、公平くんがもう一度胸を張って生きられるようになるまでは死ねないなって。

公平くんのことだから私が死んだ後、家でうじうじ引きこもってるんでしょ？死んじゃってごめんね。私がこんなことを言うのは変かもしれないけど、今はゆっくり休んでいいよ。

でも約束して。いつかもう一度小説を書くって。

小説家になって、そしてもう一度胸を張って。

何十年か経って私に会いにくる時、お土産として出版された小説を持ってくること！　サイン付きで！

ほら、返事は！

「……わかった」

よろしい！

それじゃあページ数ももうギリギリだから終わるね。

最後に、あらためて。

大好きだよ。公平くんと出会えてよかった。私は世界で一番、幸せです。


そこで日記は終わった。

「……読み終わったよ」

ずっと後ろで待ってくれていた佐藤さんに日記を渡す。日記には佐藤さんに宛てたメッセージも書かれていた。既に読んだと言っていたけれど、もう一度読むべきだ。

「やれやれ、最後まで彼女らしい内容だったね。文章まで騒がしかったよ」

「……うん」

「勝手に僕の小説を拾って、日記の中まで僕のことばっかりで、これじゃあ本当にストーカーみたいじゃないか」

「……そうだね」

「佐藤さんも読んだでしょ？　彼女、途中からはほとんど僕のことしか書いてなくて、ずっと僕を、こんな僕のことを変えようと……ずっと、ずっと……」

そう、彼女はずっと僕のことを想って――。

「工藤くん」

「……なに」

「我慢……しなくてもいいんだよ」

「……っ」

　そのひと言で、僕の中で何かが崩壊した。

　もう、我慢できなかった。

「あ、あぁ……」

　たまらず膝《ひざ》から崩れ落ちた。声を抑えることができなかった。次から次に涙が溢れてきて、胸が詰まって、拭っても拭っても視界が晴れることはなかった。

「彼女は……彼女はずっと僕のことを……」

　彼女はいつも胸を張っていた。いつも笑顔だった。いつも優しかった。

　それらが全部、全部、僕と僕の小説がきっかけだったなんて。

　彼女がずっと前から僕のことを想ってくれていたなんて。

　息が苦しい。涙が止まってくれない。

　どうして僕は彼女を避けようなんて思っていたのだろう、もっと早く仲良くなっておけば良かった。また小説を書けば良かった。彼女に読んでもらえば良かった。

　僕の小説を読んで面白いと笑ってくれる彼女の顔を見たかった。

彼女がいた席の前で、僕は憚《はばか》ることもなく泣き続けた。

佐藤さんは何も言わず、僕が落ち着くまでずっと傍にいてくれた。

「……佐藤さん、ありがとう。この前佐藤さんが僕の部屋に来てくれなかったら、僕はずっと腐《くさ》ったままだったかもしれない」

涙を拭って顔を上げた。見れば佐藤さんの目元も潤《うる》んでいた。

「私の方こそありがとう……。最後の最後まで愛梨を好きでいてくれて。ずっと愛梨を支えてくれて……」

「それが彼女の……僕の願いでもあったから」

彼女を失った傷はすぐには癒《い》えそうにない。僕は今でも、そしてきっとこれからも彼女のことを想い続ける。

乗り越えなくてはいけない。前を向かなくてはいけない。

また、胸を張らなくてはいけない。

もう一度涙を拭った。まだ涙は収まらないけれど、それでも精一杯立ち上がった。

「僕、頑張ってみるよ」

すぐには無理かもしれない。でも、いつか必ず、僕は小説家になってみせる。あの予知に抗ってみせる。

書けなかった小説の続きが、今は書けるような気がした。

エピローグ

あれから十余年が経ち、二十代最後の年を迎えた。

残念なことに僕はいまだ小説家にはなれていない。

そして、今日が運命の日だ。

僕が挫折する原因となった【賞で落ちる】という予知、それが今日起きる。

現在の時刻は夕方の六時。受賞発表まであと三十分を切ったところだ。

僕は今日に至るまで、休むことなく小説を書き続けてきた。文章を綴らなかった日はただの一日もない。

様々な作品を読み漁《あさ》り、自分なりに上達するための考察も行ってきたつもりだ。応募した作品も修正に修正を重ね、より質の高いものに磨き上げてきた。

やれることは全てやってきた。可能な限りの努力をした。

小説家になれば、僕はまた胸を張れる。いつか笑顔で彼女に会いにいける。

デスクに着き、パソコンで賞の特設ページを開いた。三十分になって、更新ボタンを押せばそこに受賞者の名前が表示される。

十分、二十分。永遠にも感じられる時間が過ぎ、ついにその時がやってきた。

更新ボタンを押すと、計六名の受賞者の名が画面に表示された。

「……まあ、わかってたけどね」

そこに、僕の名前はなかった。

とくに落胆《らくたん》はしなかった。未来が変えられないことはとうの昔に証明済みだ。結局、修学旅行の日に彼女が言った台詞だって、僕は未来を変えたのだと認めてはいない。あれは反則だと今でも思う。

ただ、そんなことはどうだっていいのだ。

反則だろうとなんだろうと、僕はもう一度小説を書くとあの時約束した。

昔、予知で見た僕にとってはこれが人生最後のチャンスだったのかもしれない。でも実際にその時を迎えた今の僕はこれが最後とは微塵《みじん》も考えていない。

賞に落ちるという未来までは変えられなくとも、少なくとも僕は自分の心という、ある意味運命よりも変えがたいものを変えることができた。

僕はこれからも小説を書き続けるつもりだ。心さえ折れなければいつかは掴みとれる。そう信じている。

たとえ人生最後の日まで小説家になれなかったとしても、僕が前を向いてさえいれば彼女は笑って許してくれるだろう。アマチュア止まりの僕の小説を読んで面白いと言ってくれるだろう。

彼女は僕がすすめた最高につまらない漫画ですら面白いと言ったのだから。

「さてと、それじゃ行こうかな」

パソコンの電源を落として身支度を整える。

今日の結果がどちらに転ぼうと、僕はある場所に赴くと決めていた。

家を出て、十年前からさして変わらない風景を眺めながら十分ほど電車に揺られると、やがて下関駅に到着した。

ここに来るといつも彼女を思い出す。笑顔で僕を待ってくれていた彼女の姿を。

『──今日はゆめタワーに行きます！』

目を閉じるとあの時の彼女の言葉が鮮明に蘇《よみがえ》る。

彼女が歩いた道をなぞるように歩を進め、僕は海峡ゆめタワーを訪れた。券売機で大人用のチケットを一枚購入し、展望室へ向かう。

夕暮れ時ということもあって人はそれほど多くなかった。すぐに階段を下り、いつか彼女と訪れた恋人の聖地へと足を運んだ。

多くの絵馬が飾られたその場所に着くと、一枚の絵馬が目に入る。

「……久しぶりだね」

十年の時が経ってもなお、この場所には彼女の騒がしい絵馬が残されていた。

いつ僕が訪れてもいいようにと、彼女はずっとここで僕を待ってくれているのだ。

「賞、ダメだったよ。でも僕は諦めないから」

彼女の絵馬をそっと指で撫でる。それから彼女が好きそうな他愛もない話や近況報告を行った。

「実は君のクッキーがあまりに美味しくてね。僕もお菓子を作るようになったんだ。気が付いたら自分のお店を持っていたよ。いつか小説だけじゃなくてお菓子もお土産として持っていくから楽しみにしててほしい」

彼女は喜んでくれるだろうか。彼女の口に合うだろうか。

わかっている、彼女は僕が作ったものならどんなものでも喜んで食べて、満面の笑みを見せてくれるだろう。そのときが楽しみだ。

「それじゃあ、また来るよ。次は僕が小説家になった時に」

そうしたら今度は僕もここに絵馬を残そう。書く内容ももう決めている。

名残惜しく思いつつもタワーを後にしようと背を向けた。すると突然携帯が音を奏でた。画面にはたかしの名前が表示されている。

「たかし、どうしたの？」

『……賞どうだった？』

「ダメだったよ」

『そうか……』

「深刻そうにしないで。大丈夫、これからも書き続けるから」

『なら良かった。頑張れよ！　俺にできることがあれば手伝うから！』

「ありがとう」

電話を切ると、見計ったように今度は佐藤さんからもかかってきた。

『工藤くん、どうだった？』

「ダメだったよ」

『そっか……』

「あはは、たかしも似たような反応をしてたよ。大丈夫、諦めないから安心して」

同じようなやり取りをし、軽くお礼を告げてから電話を切った。

ふたりともわざわざ電話をくれるなんて、僕は友人に恵まれている。

彼らに報いるためにも頑張らなければ。

「それじゃ早川さん、またね」

携帯をポケットにしまい込み、今度こそタワーを後にしようとした、まさにその時だった。

ふいに、またも携帯が鳴った。今度は知らない番号からの着信だった。

「……もしもし、工藤です」

『あ、工藤さんですか？』

電話口からはやはり知らない男性の声が聞こえてくる。

「そうですが……すみません、どちら様でしょうか？」

『申し遅れました。わたくし、今回工藤様がご応募された賞の選考担当をした佐々木《ささき》と申します』

「……えっと、どういうことでしょうか？」

『率直に申し上げますと、うちで本を出してみませんか？』

――心臓が、止まるかと思った。

『受賞にこそ至りませんでしたが、工藤さんの作品にはとても熱い思いが込められていると感じました。文章も綺麗で、構成さえもう少し工夫すれば一気に化けると思います。いかがでしょうか、改稿の後、出版というのは』

「あの、えっと、詐欺《さぎ》とかでは……ないですよね？　あっ、いえすみません、失礼でしたよね。ちょっとまだ信じられなくて」

『はは、大丈夫ですよ。デビューする方はみんな似た反応をしますから。詐欺ではなく、正真正銘《しょうしんしょうめい》、出版のオファーです。いかがでしょうか？』

僕の返事は決まりきっていた。

「ぜひ、お願いします……！」

ふたつ返事で了承し電話を切ってから、僕はもう一度絵馬へ向き直った。

まさかこの場所でこんなことが起きるなんて予想もできなかった。

彼女は今の電話を聞いていてくれていただろうか。いや、聞いていたに違いない。きっと僕のすぐ近くで耳をそばだてて、今頃は盛大にガッツポーズでも決めていることだろう。

あるいはこれは彼女からの贈り物かもしれない。待ち切れないから今すぐデビューしろという、せっかちな彼女からのメッセージの可能性もある。

どちらにせよ、この日この場所で、彼女が最も望んでくれた僕の夢を叶えられたことに変わりはない。

「まさかこんなに早く絵馬を飾ることになるとはね」

苦笑しつつ彼女へ宛てた絵馬を用意した。彼女の残した絵馬のすぐ隣にそれをつり下げると、僕は今度こそ恋人の聖地を後にした。

良かった。これでいつか僕も、堂々と君に会いにいける。

僕も胸を張って生きるよ。大好きな君のように。

あとがき

中学一年生の秋、私は目の前で人が亡くなる瞬間を目撃しました。自殺でした。男性が電車に飛び込み、一瞬で命が潰《つい》えました。鼓膜を震わせる急ブレーキ音、原形を留めてない遺体、何もかもが今も深く記憶に刻み込まれています。

ショックのあまり当時は外出すらままならなくなりました。

間違いなく、私の人生は彼によって狂わされたと言っていいでしょう。

人の死や生き様というのは他人の人生に大きく影響を及ぼします。

しかし決して悪影響だけではありません。誰かの生き様を見て勇気を貰うこともあれば、大切な人の死を通して学ぶこともあります。

私の人生は確かに狂いましたが、それでもこうして物語を書いているのはやはり色々な人から影響を受けたからでしょう。

何も人に影響を及ぼすのは現実世界に存在する人間だけではありません。アニメや漫画、小説の登場人物だって人に何かを与える力を持っています。

それに気付かされたのは、一通のファンレターがきっかけでした。

私のデビュー作「それでも僕らは夢を描く」は夢と不登校をテーマにしており、亮という不登校の少年の成長が描かれています。

ファンレターを書いてくださった方は亮と同じように学校や将来の夢で悩みを抱えており、そんな時に私の作品と出会い、勇気を貰ったのだと手紙に書いてくれていました。

その時私は思いました、自分の使命はきっと、小説を通して誰かの人生を変えることなのだろう、と。

もちろん、百八十度人生を変えてやろうなんて大層なことは言いません。ただ、ほんの少しでも「自分もこう生きたい」と思ってもらえるような、そんな作品を書ければなと考えています。

この物語は、いわば人が人に与える影響や生き様を描いた作品です。

どう生きればいいのかわからない、そういった悩みを抱えた方がこの物語を通して僅かでも自分なりの答えに近付けることを願っております。

最後に、この本を手に取っていただきありがとうございます。まだまだ未熟な私ですが今後ともよろしくお願い致します。

二〇二一年四月二十五日　加賀美真也

この物語はフィクションです。実在の人物、団体等とは一切関係がありません。

加賀美真也先生へのファンレターのあて先
〒104-0031　東京都中央区京橋1-3-1　八重洲口大栄ビル7F
スターツ出版（株）書籍編集部 気付
加賀美真也先生

明日、君が死ぬことを僕だけが知っていた

2021年4月28日　初版第1刷発行
2022年7月12日　　　第5刷発行

著　者　加賀美真也　©Shinya Kagami 2021

発 行 人　菊地修一
デザイン　カバー　徳重　甫＋ベイブリッジ・スタジオ
　　　　　フォーマット　西村弘美
編　　集　三井慧
発 行 所　スターツ出版株式会社
〒104-0031
東京都中央区京橋1-3-1　八重洲口大栄ビル7F
出版マーケティンググループ　TEL 03-6202-0386
（ご注文等に関するお問い合わせ）
URL　https://starts-pub.jp/
印 刷 所　大日本印刷株式会社

Printed in Japan

ISBN　978-4-8137-1083-7　C0193

スターツ出版文庫　好評発売中!!

『100年越しの君に恋を唄う。』　冬野《ふゆの》夜空《よぞら》・著

親に夢を反対された弥一は、夏休みに家出をする。従兄を頼り訪れた村で出会ったのは、記憶喪失の美少女・結だった。浮世離れした魅力をもつ結に惹かれていく弥一だったが、彼女が思い出した記憶は“100年前からきた”という衝撃の事実だった。結は、ある使命を背負って未来にきたという。しかし、弥一は力になりたいと思う一方で、結が過去に帰ることを恐れるようになる。「今を君と生きたい」惹かれ合うほどに、過去と今の狭間で揺れるふたり…。そして、弥一は残酷な運命を前に、結とある約束をする――。

ISBN978-4-8137-1066-0／定価671円（本体610円+税10%）

『放課後バス停』　麻沢《あさざわ》 奏《かな》・著

バスケ部のマネージャーとして頑張る高3の澪佳。ある日、バスケ部OBの九条先輩がコーチとして部活に来ることになり、バス停で帰りが一緒になる。ふたりはそれぞれ過去の痛みを持ちつつ、違う想い人がいるが、あることがきっかけで放課後バスを待つ15分間だけ、恋人になる約束をする。一緒に過ごすうちに、悩みに向き合うことから逃げていた澪佳の世界を、九条が変えてくれて…。お互い飾らない自分を見せ合えるようになり、ウソの関係がいつしか本当の恋になっていた――。

ISBN978-4-8137-1069-1／定価660円（本体600円+税10%）

『今宵、狼神様と契約夫婦になりまして』　三沢《みさわ》ケイ・著

リラクゼーション総合企業に勤める陽茉莉は妖が見える特殊体質。ある日、妖に襲われたところを完璧エリート上司・礼也に救われる。なんと彼の正体は、オオカミの半妖（のち狼神様）だった!?礼也は、妖に怯える陽茉莉に「俺の花嫁になって守らせろ」と言い強引に“契約夫婦”となるが…。「怖かったら、一緒に寝てやろうか？」ただの契約夫婦のはずが、過保護に守られる日々。――しかも、満月の夜は、オオカミになるなんて聞いてません！旦那様は甘くてちょっぴり危険な神様でした。

ISBN978-4-8137-1067-7／定価660円（本体600円+税10%）

『山神様のあやかし保育園～強引な神様と妖こどもに翻弄されています～』　皐月《さつき》なおみ・著

保育士資格を取得し短大を卒業したばかりの君島のぞみは、唯一の肉親・兄を探して海沿いの街へやってきた。格安物件があるという山神神社を訪ねると、見目麗しい山神様・紅の姿が。紅が園長の保育園に住み込みで働けることになったものの「俺の好みだ」といきなりアプローチされて…。早速保育園をのぞくと狐のようなふさふさの尻尾がある子が走り回っていて…そこはあやかしこどもの保育園だった――。仕方なく働きはじめると、のぞみは紅にもこどもたちにも溺愛され、保育園のアイドル的存在になっていき…。

ISBN978-4-8137-1068-4／定価671円（本体610円+税10%）

書店店頭にご希望の本がない場合は、書店にてご注文いただけます。